I0634231

CONSIDÉRATIONS

SUR LE RETABLISSEMENT

DES JURANDES

ET MAÎTRISES.

F.

De la part de l'auteur à M. Bé...

CONSIDÉRATIONS

SUR LE RÉTABLISSEMENT

DES

JURANDES ET MAÎTRISES;

PRÉCÉDÉES

D'OBSERVATIONS

Sur un Rapport fait à la Chambre de Commerce du Département de la Seine sur cette importante question, et sur un *Projet de Statuts et Règlemens de MM. les Marchands de Vin.*

Par Soufflot de Merey.

A PARIS,

Chez l'AUTEUR, rue du Sentier, n°. 25;

Et chez A.-J. MARCHANT, Imprimeur, et Libraire pour l'Agriculture, rue des Grands-Augustins, n°. 12.

AN XIII. — 1805.

JURANDES ET MAÎTRISES.

On vient d'imprimer, par ordre de la Chambre de Commerce, un ouvrage ayant pour titre :
Rapport sur les Jurandes et Maîtrises, et sur un Projet de Statuts et Règlemens pour MM. les Marchands de vin de Paris.

Ce Rapport se divise en cinq parties ; savoir :

PREMIÈRE PARTIE.

De l'origine des Corporations ; des changemens qu'elles ont éprouvés jusqu'à l'époque de leur suppression.

DEUXIÈME PARTIE.

Des Corporations en général ; de leur utilité et de leurs inconvéniens.

TROISIÈME PARTIE.

Des Corporations considérées comme

A 2

moyen d'emprunts, et comme moyen d'im-
pôts annuels.

QUATRIÈME PARTIE.

Des Corporations considérées comme
moyen de police ; des Règlemens pour les
Manufactures ; des moyens d'influence et de
garantie pour l'industrie.

CINQUIÈME PARTIE.

Examen du Projet de Statuts de MM. les
Marchands de vin de Paris.

DIVERS journaux avaient annoncé cet ouvrage, et je confesse que j'étais loin de penser, d'après la division des questions posées
dans ce Rapport, que les conclusions du
Rapporteur tendraient au rejet des Jurandes.
L'opinion de la Chambre du Commerce ne
se trouve pas jointe au Rapport de M. Vital-
Roux, l'un de ses membres ; mais l'ordre
qu'elle a donné de l'imprimer, suppose son
assentiment, supplée en quelque sorte sa dé-
libération; et cela posé, j'aurai moins à combattre l'opinion particulière d'un des membres

de cette Chambre, que la pensée de tous ceux qui la composent : c'est une tâche d'autant plus difficile , que personne plus que moi ne rend hommage au mérite des uns , ne met plus de prix à l'amitié dont d'autres m'honorent , n'est plus jaloux enfin de l'estime de tous; mais je diffère tellement d'opinion, et sur le principe et sur les conséquences que le Rapporteur a tirées des questions qu'il a lui-même posées, que j'espère que les membres de la Chambre me pardonneront, non pas une attaque, mais une défense légitime.

J'ai en effet remis au Gouvernement, sur cette importante matière, un travail qui embrasse tout à la fois le système administratif et judiciaire, et dans lequel je crois avoir également démontré l'utilité, la nécessité du rétablissement des Jurandes et Maîtrises.

Après une révolution aussi orageuse que celle que nous venons d'éprouver, les passions ne peuvent pas être assez calmes , pour que des questions d'un si haut intérêt puissent être agitées, sans trouver aussitôt une grande opposition parmi ceux qui, au premier apperçu, croient que leurs intérêts sont froissés ou menacés ; mais j'ai la confiance aussi qu'elles trouveront des défenseurs dans cette masse immense de familles honorables autant qu'honorées, dont les chefs répandus sur le territoire de la France sont aujourd'hui sans profession, et les enfans sans état, comme sans existence.

Le Gouvernement recueillerait un avantage immense de ce systême, en diminuant les frais énormes de l'administration publique, en réduisant les dépenses excessives de l'ordre judiciaire, en diminuant le nombre des tribunaux et augmentant celui des magistrats, en substituant des honneurs aux honoraires; la liberté publique y trouverait un grand appui; des cités jadis florissantes y retrouveraient enfin une population devenue transfuge, et que de nouvelles institutions bientôt y rappelleraient.

Tel était au moins le but que je m'étais proposé, en me livrant à ce travail; mais je m'apperçois que je perds de vue l'objet particulier de la discussion, c'est-à-dire, l'analyse du *Rapport* de M. Vital-Roux; et bien qu'obligé de combattre et repousser des principes que je crois erronés, et qu'une saine politique ne peut admettre, je n'oublierai pas cependant que les citoyens qui composent la Chambre du Commerce, sont environnés d'une juste considération, et ont acquis des droits à l'estime publique.

J'entre en matière.

Le Rapporteur dit, PAGE 3 :

L'ancienne Administration avait, sous beaucoup de rapports, un avantage reconnu; elle avait pour elle l'expérience, mais elle n'était pas exempte d'inconvéniens; il faut y rechercher ce qui était bon et utile, et se préserver des abus qu'elle reconnaissait elle-même, et qu'elle a souvent tenté de détruire. Les corporations sont de ce nombre; dans plusieurs circonstances, et principalement en 1776, elle a voulu prononcer leur suppression, etc.

Cette vérité, Messieurs, est incontestable; et quelle est l'institution humaine où le mal ne soit pas auprès du bien? Mais vous ajoutez que le Gouvernement voulut, au mois de février 1776, détruire les corporations, et vous en concluez que dès-lors elles étaient jugées inutiles au Commerce.

Je ne partage pas, à cet égard, votre

opinion ; je crois, au contraire, que cette suppression eût inévitablement avancé l'heure de la révolution.

Veuillez, Messieurs, vous faire représenter les remontrances du Parlement, celles des autres Cours souveraines, les requêtes et mémoires des Six-Corps et des diverses Communautés d'arts et métiers, relatifs à cette suppression ; et vous y verrez avec quelle sagesse, quelle profondeur, cette grande question de la liberté illimitée était traitée ; le Gouvernement fut tellement allarmé des conséquences qui devaient en résulter, et pour l'Industrie nationale et pour le Commerce extérieur, qu'au mois d'août 1776, c'est-à-dire, six mois après l'Edit de suppression, il se vit obligé de recréer les Jurandes et Maîtrises. En administration comme en politique, tout se lie, tout se coordonne : une pierre témérairement déplacée d'un édifice en ébranle la solidité.

Qui de vous a oublié que M. de Saint-Germain, par des réformes précipitées qui firent perdre au Trône une partie de son éclat, déconsidéra la royauté ?

M. Turgot, qui voulait la suppression des Jurandes, celle des corvées, était un homme de bien, qui n'en a point fait dans son administration : ses vertus privées lui ont concilié l'estime publique; et si son éloge ne pouvait être mieux confié qu'à l'auteur ingénieux de *la Philosophie de l'Univers*, au moins il me pardonnera cette opinion sur M. Turgot, son ami; son ministère fut plutôt celui des philosophes et des économistes, que celui de la royauté, et je ne crains pas d'assurer que M. de Saint-Germain, M. Turgot et M. Necker, ont réellement précipité l'ancienne monarchie : le premier, par des réformes inconsidérées; le deuxième, par des suppressions irréfléchies; le troisième, par des emprunts multipliés qui, en facilitant les dépenses, ont grevé le Trésor public d'une masse énorme d'intérêts annuels, et creusé le DÉFICIT.

PAGE 6:

Nous n'irons point rechercher dans l'antiquité l'origine des Corporations et des Maîtrises. On ne voit pas que les anciens aient jamais rendu exclusive la profession des Arts et du Commerce ; le droit de Maîtrise est une invention moderne.

Il y avait bien à Rome des collèges d'ar-

tisans , mais ils n'avaient point de magistrats particuliers , et ne jouissaient d'aucuns privilèges , etc. , etc.

PLUTARQUE dit que , parmi les établissemens de NUMA , un des plus estimés était la distribution du peuple par Arts et Métiers.

Les Gaules, au cinquième siècle , avaient aussi *collegia opificum*. Les Métiers y étaient classés par *corporations* ; et DUBOS dit que l'Empereur Alexandre-Sévère les avait établies dans tout l'Empire romain.

Le *Præfectus Urbis* , à Rome, était le magistrat du Commerce ; et lorsque le Peuple romain portait la guerre dans un pays ennemi, les Consuls nommaient un *Præfectus fabrorum*, qui suivait l'armée. Comment supposer après cela que les Maîtrises sont une institution moderne ? Je pense, au contraire , que ces agrégations ont dû naître avec toutes les institutions sociales.

Jettez , en effet, les yeux sur tous les Gouvernemens qui nous environnent, sur ceux même les plus éloignés ; parcourez l'Helvétie, la Hollande, l'Angleterre , l'Autriche, la Prusse , les villes Anséatiques, l'ancienne Belgique , et je vous demanderai pourquoi cette institution *moderne* ou *antique* a été adoptée par tous les Gouvernemens, de quelque nature qu'ils fussent.

Dans les monarchies, dites-vous, elles n'ont été considérées que comme des moyens *d'impôts* ou *d'emprunts*. Pourquoi donc les Gouvernemens libres ont-ils adopté cette sage institution ? Pourquoi les Républiques, même les plus aristocratiques, avaient-elles exigé que, pour obtenir les premières dignités de l'Etat, on fût membre d'une corporation d'artisans ?

Vous ajoutez que ces agrégations ne jouissaient d'aucuns privilèges : entendez-vous par *privilèges* la faculté accordée à un Orfèvre, à un Pharmacien, de vendre exclusivement de l'or fabriqué, des médicamens préparés ? Dans ce sens, la faculté exclusive, loin d'être un privilège, est une garantie, un bienfait pour la société.

Entendez-vous, au contraire, que les corporations ne jouissaient d'aucunes exemptions, d'aucuns honneurs ou avantages particuliers ? Dans ce sens, je me réunirai à vous pour combattre de pareils privilèges ; et en effet, pourquoi leur en accorder ?

La Communauté des Notaires de Paris a

un Syndic, les Avoués de la Cour d'Appel et de première Instance, les Agens de Change, les Commissaires-Priseurs ont aussi leurs Syndics.

Qui peut avoir à se plaindre de ces agrégations ? Le Gouvernement, sans la présence d'aucun de ses Agens, y exerce une influence morale, et dès-lors très-salutaire; le public y trouve secours, conseil, appui; les Membres de chacune de ces corporations y trouvent des exemples, des leçons, et quelquefois une utile censure.

Voilà les seuls privilèges dont jouissent ces diverses corporations, et je ne pense pas qu'elles prétendent, soit à des exemptions, soit à d'autres prérogatives qu'à celles dont l'édit de création ou de confirmation leur assure la jouissance.

Si M. Turgot, au lieu de frapper les Jurandes et les Maîtrises, eût supprimé les privilèges des corporations, il eût fait une opération grande, forte, utile à l'Etat; de même, si au lieu de supprimer les corvées, il y eût assujetti tous les ordres, il y aurait eu dans cette volonté un grand courage, une idée véritablement libérale.

L'intention du Ministre philosophe s'ap-

percevait, mais il n'avait pas l'énergie nécessaire pour achever ce qu'il commençait, et
c'est ainsi que les demi-mesures ont le double
inconvénient de prouver la faiblesse du pouvoir ou celle du Ministre, et d'irriter l'opinion.

PAGE 7:

*La France sortait à peine de l'anarchie
féodale, lorsque Saint Louis s'occupa des
Arts et de l'Industrie. Il établit des espèces
de confréries, dans lesquelles les Ouvriers
les plus distingués avaient une inspection sur
les plus jeunes et les moins habiles ; il voulut que ceux-ci fussent tenus de travailler
pendant quelques années sous les yeux des
Maîtres, et fissent preuve de capacité avant
d'être admis. Ces corps n'avaient rien d'exclusif, et ces confréries n'étaient autre chose
que des écoles ouvertes à tous ceux qui s'y
présentaient.*

*Ces établissemens n'eurent d'abord lieu
que dans les villes royales, mais les Seigneurs châtelains ne tardèrent pas à établir
aussi des corps de Métiers dans leurs villes
et seigneuries, etc. etc.*

Le Rapporteur ne pouvait faire un éloge

plus complet de l'établissement des Jurandes et des Maîtrises, qu'en publiant les motifs qui avaient décidé la sagesse de Saint Louis à créer ces confréries.

Il voulait que les Ouvriers les plus distingués eussent une inspection sur les plus jeunes et les moins habiles.

Il voulait qu'on fût Apprentif avant d'être Maître.

Ces corps n'avaient rien d'exclusif, dites vous : je ne comprends pas bien le sens de cette phrase ; ou elle signifie que tout Apprentif qui avait travaillé quelques années chez un Maître, ne pouvait être exclu de la Maîtrise, à moins qu'il y eût des motifs d'inadmission pris dans l'immoralité, dans l'incapacité ou dans une flétrissure, et dans ce sens, les corps n'avaient et n'auront jamais rien d'exclusif.

Aujourd'hui la Patente assimile l'Horloger et le Charron, l'Orfèvre et le Limonadier, le Libraire et le Tailleur ; et par une simple Patente que l'Etat ne peut refuser à qui se présente, le Charron peut à son gré devenir Horloger ; le Limonadier, Orfèvre ; le Tailleur, Libraire.

Trouvez-vous cela convenable, utile ? Est-il une classe de la société qui puisse trouver profit ou avantage dans ce désordre ?

Quant à moi, je soutiens que ce désordre a déconsidéré chez l'étranger nos Arts et nos Ouvrages fabriqués ; que l'exportation des objets manufacturés en France a sensiblement diminué, ce qui a défavorisé notre Change, et nous a fait perdre, et dans la balance du Commerce et dans celle de l'estime des Nations, une prééminence d'Industrie, une faveur d'opinion, que des rivaux nous disputaient. Peut-être pourrais-je ajouter ici que ce sont ces mêmes principes novateurs qui ont produit la liberté des noirs, le massacre des blancs et la perte d'une partie de nos colonies, tandis que cette même nation qui attisait nos haines domestiques, nos divisions intestines, qui encourageait, fomentait, et salariait nos démagogues, avait grand soin de maintenir dans ses propres colonies l'esclavage des noirs, et dans ses nombreuses cités le bienfait des corporations d'Arts et Métiers.

Vous dites, ensuite, que ces établissemens n'eurent lieu d'abord que dans les villes royales, et qu'ensuite les Seigneurs châtelains les imitèrent ; mais cela était une conséquence de la propriété domaniale ; la féodalité existait et devait jouir également de ce droit : que prouve, au surplus, cet argument contre le systême des Jurandes ?

PAGE 9:

Ce fut sous le règne d'Henri III qu'on commença à pressurer les corporations. L'édit de décembre 1581 ordonna que tous les Marchands, Artisans et Gens de Métiers seraient établis en Corps de Maîtrise et Jurande, sans qu'on pût s'en dispenser. On ne vit d'abord dans cet édit qu'une règle utile; mais on ne tarda pas à en connaître le but.

Un autre édit de 1583 déclara que la permission de travailler était un droit domanial; en conséquence on prescrivit la manière dont on pourrait travailler, le tems des apprentissages, la forme et la qualité des chefs-d'œuvres, l'administration intérieure des différens Corps, qui furent tous classés et réglémentés, avec attribution de privilèges, etc.

Henri III vendit des brevets de Marchand, des lettres de Maîtrise, et vous lui en faites un reproche; vous reconnaissez cependant que l'édit par lequel il créait les Jurandes et les Maîtrises, renfermait *une règle utile*. J'en conclus que si, au lieu de les vendre, il les eût donnés, vous n'eussiez plus eu de reproches à lui faire.

Comme M. le Rapporteur, j'ai lu l'édit de 1583, et je l'ai trouvé rédigé dans un très-bon esprit. Vous vous étonnez de ce que cet édit prescrivait des règles d'apprentissage; mais il fallait bien que le Gouvernement, qui créait, prît l'initiative des règlemens. Aujourd'hui, si cette institution était rappellée, sans doute l'autorité se bornerait à confirmer, après examen, les règlemens que chaque corporation soumettrait à sa sanction.

Mais était-il si insensé, ce Roi qui pensait que, sans apprentissage comme sans chef-d'œuvre obligé, l'artisan ne se déterminerait dans le choix de son métier que par une présomption qui l'égarerait, et qui dès-lors lui serait préjudiciable?

Personne ne conteste que l'homme tient de la nature le droit de travailler, comme il tient de son existence celui de penser et de marcher; mais la permission d'ouvrir une boutique, la faculté d'exposer en vente des marchandises, de former un atelier, doit être, dans tout Gouvernement sagement constitué, soumise à l'action de la police; car, pour qu'elle vous protège, il faut qu'elle connaisse

B

et votre nom, et votre demeure, et votre profession ; et il faut bien dans ce cas que le prix
de cette protection soit acquitté par celui à
qui elle profite. D'autres intérêts justifiaient
la prévoyance de l'autorité : les arts méca-
niques ont, ainsi que les arts libéraux, leurs
principes, leurs composés ; s'il n'existe ni
liens, ni règlemens, ni discipline, la foi publique sera trompée ; l'art lui-même, au
lieu de se perfectionner, *dégradera*, si je
puis m'exprimer ainsi ; et les corporations,
qu'on affecte de présenter comme un obstacle
au perfectionnement de ces mêmes Arts et
Métiers, offrent au contraire à l'industrie un
véhicule puissant, à la confiance publique
une garantie, un recours certain contre l'im-
probité. Ces corporations ont aussi d'autres
avantages non moins précieux : elles servent
à former des liens entre les membres d'une
même profession ; à consolider des liaisons,
à utiliser des rapports ; elles sont une ressource dans les malheurs fortuits, un point
d'appui dans l'adversité, un tribunal de famille dans les contestations ; elles sont enfin
un moyen de secours pour les enfans et les
veuves ; et sous ces divers rapports le Gouvernement est intéressé à leur rétablissement.

(19)

PAGE 10:

Sous le ministère du duc de Sully , on modéra beaucoup le droit royal', mais on fut très-sévère sur les lettres de maîtrise.

Ainsi donc vous avez aussi à combattre l'administration de Sully ; et c'est cependant ce Ministre , dont le nom rappelle tant de vertus et de qualités éminentes , qui fut très-sévère sur les lettres de maîtrise. « Il faut , » disait-il , que le droit soit modéré , mais il » faut l'exiger ».

Puisse le Monarque actuel de la France se saisir de cette pensée de Sully !

PAGE 11:

L'édit de mars 1673 porta l'esprit réglémentaire sur tous les points ; on érigea des Jurandes dans toutes les villes et bourgs du Royaume.

Le Surintendant d'O , les Ministres Sully et Colbert sont tout à la fois attaqués dans le Rapport de M. Vital-Roux. A la vérité quelques éloges s'adressent à ce dernier Ministre :

B 2

eh ! qui oserait en effet médire de Colbert ? Mais, j'en demande pardon à M. le Rapporteur, ce qu'il reproche à l'administration éclairée de ce sage Ministre, est précisément ce dont beaucoup d'autres lui font hommage. Je ne citerai que ce que l'auteur du *Tableau du Ministère de Colbert* dit en parlant de la création des Corps et Maîtrises sous son administration.

« Colbert se crut obligé de donner un frein
» aux professions lucratives, en réunissant
» en communautés toutes les classes éparses
» d'Artistes, de Marchands et de Manufac-
» turiers. Il pensa que cette réunion les for-
» cerait à s'observer les uns et les autres; qu'il
» s'établirait une sorte d'émulation de mœurs,
» et même de probité ; et qu'enfin, en atta-
» chant à tous les Corps et Maîtrises du
» Royaume des charges, des prérogatives
» qu'ils pussent être jaloux de mériter, on
» parviendrait ainsi à leur inspirer des sen-
» timens d'honneur, de vertu, de patrio-
» tisme, qui rompissent le cours de la cupi-
» dité, et qui fussent au sein de la nation
» ce que sont au milieu des mers ces digues
» qui mettent à l'abri de l'inondation les ri-
» vages qu'elles affermissent ».

P A G E 16 :

Voltaire a dit :

Les gages considérables attachés à ces nouvelles charges invitent à les acheter dans des tems difficiles , parce qu'on ne fait pas réflexion qu'elles seront supprimées dans des tems moins fâcheux.

C'est sans doute un grand honneur pour Voltaire de se voir citer presque comme un homme d'état; c'est assurément le premier hommage de cette nature que sa mémoire a reçu ; mais dans une alliance aussi extraordinaire que celle de Sully , Colbert et de Voltaire, ce qui pouvait du moins , sinon la justifier , du moins la faire pardonner , c'eût été la vérité de l'application.

Voltaire dit (édition de *Beaumarchais* , vol. XI, page 232), que le Ministre Chamillart créa en 1707 des charges telles que celles de Conseillers du Roi Contrôleurs aux empilemens des bois , de Conseillers de police , de Conseillers du Roi Courtiers de vin , d'Essayeurs de beurre salé , etc. etc. etc.

Que conclure de la création ridicule de plusieurs de ces offices ? C'est que les ressources d'esprit de M. de Chamillart n'étaient pas plus heureuses que celles du Trésor public.

Colbert n'était plus ; la France était engagée dans la guerre de la succession d'Espagne ; Louis XIV vieillissait, et la fortune l'abandonnait : mais quel rapport peut avoir aujourd'hui la création de ces diverses charges, avec le système des Jurandes et Maîtrises ?

PAGE 17 :

On ne pouvait parvenir à la charge de Juré *qu'après avoir été admis au grade d'*ancien ; *l'ancien devait avoir été pendant un certain nombre d'années* Maître moderne.

Cette disposition me paraît très-sage, il me semble même qu'elle est conforme aux Lois primitives de toute société ; qu'elle se justifie tout à la fois par la raison, par l'expérience et les convenances dans l'ordre social, comme dans toute espèce de profession ; en effet, cet article, pris dans son acception morale, est applicable à toutes les agrégations.

Quoi de plus simple, quoi de plus juste

que de faire reposer les marques de l'estime
sur les rides de l'expérience ?

PAGE 19:

On entendait par étrangers *, les enfans
qui n'étaient pas nés dans la Communauté:
les enfans d'un Charron , par exemple ,
étaient* étrangers *dans la Communauté des
Menuisiers ; les Maîtres ou Compagnons
Serruriers de Rouen étaient aussi* étrangers
pour le corps des Serruriers de Paris.

Je diviserai ma réponse à cette phrase,
parce que les deux membres qui la composent, n'ont entr'eux rien de commun, bien
qu'ils paraissent liés dans le *Rapport.*

On faisait, en effet, une distinction entre
un étranger et un fils de Maître; mais cette
distinction de la Loi dérivait d'une pensée
très-profonde.

Je suis loin de croire qu'il faille adopter
en France l'usage des Chinois, de ne jamais
quitter l'état de leurs pères : l'immense population, l'habitation commune de toute une
famille sous un même toît, la forme du Gouvernement, tout concourt à fortifier et main-

tenir cet usage dans un Empire à peine accessible, et où aucun étranger ne peut être naturalisé.

Mais si en France, par un préjugé plus absurde, la profession du père ne devient presque jamais celle des enfans (*j'en excepte la profession des armes*), au moins est-il juste que le Ministre qui sentait combien cette espèce de transmigration était funeste aux fortunes, fatale à l'accroissement de l'Industrie, facilitât, encourageât cette successibilité.

Je dois avouer, cependant, qu'il existait des familles qui se succédaient dans les mêmes emplois, dans les mêmes fonctions, et l'opinion rendait facilement hommage à ces anciennes familles, qui avaient ainsi trouvé le secret de toujours vivre.

La magistrature, à Paris, avait ses Molé, ses *Joly-de-Fleury*, ses *d'Ormesson*, ses *d'Aguesseau*, ses *Seguier*, ses *Nicolay ;* le Commerce, les *Lecoulteux*, les *Brochant*, les *Quatremere ;* les Arts, les *Coustou*, les *le Paute*, les *Vernet*. Heureux l'Empire où le fils honore assez son père, pour s'honorer de lui succéder dans sa profession comme dans sa fortune ; où la considération des ancêtres fait partie du patrimoine des enfans !

et la loi qui modérait dans ce cas le droit fiscal, lors de la mutation, était tout à la fois juste, morale et très-politique.

A l'égard du second membre de la phrase :

Les Maîtres ou Compagnons Serruriers de Rouen étaient aussi étrangers pour le corps des Serruriers de Paris ;

Cette loi, ou plutôt ce règlement, était conforme à la raison autant qu'à l'équité.

La Patente que M. le Rapporteur préfère à un Brevet, a aujourd'hui les mêmes inconvéniens ; car, à l'exception de la Patente de Marchand Forain ou Colporteur, le Marchand, le Serrurier patenté, à Rouen, n'a pas le droit d'exercer à Paris sa profession, et cela est juste.

Il y avait cependant une distinction en faveur des Jurandes et Maîtrises de Paris, c'est qu'elles donnaient le droit aux titulaires de s'établir par-tout, et cela était une juste conséquence du droit payé.

PAGE 21 :

Un édit de mars 1691, en érigeant en titre d'office les charges de Gardes-Syndics, fixa leurs droits de visite, et les autorisa à

faire quatre visites par an chez chacun des
Membres de la Communauté.

Ces visites, qui effraient tant M. le Rapporteur, sont précisément ce qui rassure la
société.

Eh! que lui importent les visites de MM. les
Commissaires de Police chez les Droguistes,
les Apothicaires, les Marchands de Vin, les
Vinaigriers, les Distillateurs, les Boulangers,
les Bouchers, les Pâtissiers et tous les Marchands de Comestibles? Le public a droit à
d'autres garanties que celles des poids et des
mesures, toute salutaire que soit cette surveillance.

Vous vous plaignez de l'énormité des droits
qui se percevaient au profit des corps. Mo-
dérez-les, surveillez-les; instituez des Prevôts de Commerce, non pas précisément à
l'instar des Prevôts des Marchands de Paris
et de Lyon; fixez leurs droits; et s'ils de-
viennent exacteurs, la Loi les atteindra,
comme elle atteindrait un Receveur concus-
sionnaire, un Magistrat prévaricateur.

PAGE 23:

Des frais de saisies. Cet article était très-
important, parce que les Jurés chargés de
faire observer les Statuts et Règlemens,
saisissaient les Ouvrages défendus.

Tout cela me paraît conforme aux règles
de la justice.

Tout Marchand qui vendait à faux-poids ;
qui tenait des Marchandises avariées ou dangereuses, qui ne faisait pas affiner ou con-
trôler ses matières d'or et d'argent, qui était
contrefacteur d'ouvrages imprimés, distri-
buteur de livres prohibés, de libelles incen-
diaires, était saisi par ses pairs ; c'était là le
véritable Juré applicable à nos mœurs, le
seul que nul ne pouvait récuser, parce qu'il
réunissait à la fois la confiance du corps,
l'expérience du Métier, la connaissance des
Lois, l'importance de leur exécution.

Vous vous plaignez des frais ; encore une
fois faites les régler si vous êtes coupable ;
et si vous êtes innocent, la Loi qui vous
soumet à cette visite vous accordera toute
sa protection pour vous en décharger.

Jamais les honnêtes gens ne se plaignent

des réverbères, si ce n'est le cas où ils n'é-
clairent pas assez.

P A G E 26 :

*Ainsi, l'esprit de fiscalité, qui était le
père ou l'inventeur de toutes ces confréries,
franchissant les obstacles, passait sur toutes
les règles; et comme le besoin d'argent créa
les corporations, l'argent fut le tarif du
mérite des initiés.*

*La Communauté des Limonadiers obtint,
en 1759, la permission de recevoir des
Maîtres sans qualité, et en nombre indéfini;
dans l'intervalle de trois années, les récep-
tions produisirent une somme de 184,000 liv.*

Sans doute le Gouvernement trouvera un
grand secours dans la création des Jurandes
et des Maîtrises; mais je dois croire qu'il
sera assez éclairé pour proportionner le droit
à la profession, pour le graduer selon la population des villes, pour le rendre facile à
acquitter, en donnant de longs termes; et je
ne terminerai pas mes observations sur ce
Rapport, sans émettre, à cet égard, mon
opinion.

Quant à l'édit de 1759, dont se plaint M. le Rapporteur, il me semble que, sans le vouloir, il tombe en contradiction avec lui-même. Il craint que les Jurandes et les Maîtrises n'aient l'inconvénient de retarder, d'entraver les progrès de l'Industrie. Eh bien! l'édit de 1759 rendait indéfini le nombre des Maîtres Limonadiers; était admis qui se présentait; le Brevet ou la Licence n'était réellement qu'une Patente. C'était à coup sûr une Loi très-favorable au Commerce de la limonade. Eh bien! payait-on moins cher, par cette grande concurrence, une tasse de café? Alors, comme aujourd'hui, elle était en quelque sorte tarifée. Vous n'avez donc rien gagné à cette liberté indéfinie; le public a certainement été beaucoup plus mal servi, mais l'Etat a recueilli 184,000 fr.

Ce moyen, au moins, était donc excellent sous le rapport fiscal; et cependant, dans la troisième partie de votre Rapport, vous paraissez croire que, comme moyen d'*emprunt*, les corporations sont inutiles.

Mais poursuivons.

PAGE 32:

L'édit de 1776 supprimait toutes les cor-porations et leurs privilèges nombreux, à l'exception cependant de quelques-unes que l'on crut devoir laisser subsister, parce qu'elles avaient, malgré leurs inconvéniens, des avantages réels, ou qu'elles tenaient trop immédiatement aux principes que la monarchie avait établis dans l'Administra-tion de la Police.

Les Perruquiers, les Orfèvres, les Im-primeurs, les Libraires et les Apothicaires, furent exceptés de la liberté générale accor-dée à tous les Arts.

M. Turgot crut devoir proposer au Roi la suppression des corporations, parce que plu-sieurs d'entr'elles avaient des privilèges nom-breux. Il eût mieux fait, comme je l'ai dit plus haut, de lui proposer la suppression des privilèges, en laissant subsister les corpora-tions, car il coupait l'arbre par le pied pour avoir la feuille sans le fruit, et cette poli-tique était absurde.

Il voulait tout supprimer, et néanmoins il laissait subsister les *Perruquiers*, les *Im-*

primeurs, *les Libraires*, *les Orfèvres et les Apothicaires.*

Quand une exception a lieu, on suppose quelqu'analogie, quelque connexité, quelqu'affinité entre les corporations préservées par l'arche : ici l'esprit le plus subtil serait embarrassé d'en trouver; mais puisque l'édit n'a pas dit le motif de l'exception, je vais suppléer cette omission, à l'égard des Perruquiers : la raison de cette exception provenait de ce que M. le premier Chirurgien du Roi était le chef suprême des Barbiers, et M. Turgot n'osa pas toucher aux charges de pupilles patentés par un si éminent protecteur.

Je terminerai mes observations sur cet article en faisant remarquer que le Ministre, en supprimant les Communautés des Arts et Métiers, jugeait néanmoins utile d'en conserver quelques-unes, *parce qu'elles tenaient immédiatement aux principes que la monarchie avait établis dans l'administration de la police :* c'est au moins un aveu dont je demande acte aux adversaires des Jurandes, qui, plus absolus que le Ministre, ne veulent et ne consentent aucune exception.

P A G E 44:

Il serait donc aisé de démontrer que , loin d'avoir favorisé les progrès de l'industrie , les Jurandes ont sans cesse entravé sa marche et rallenti son activité ; il était difficile que cela fût autrement , puisque l'effet naturel de tout privilège est de borner l'émulation de celui qui en jouit , et de décourager ceux qui ne peuvent en partager la faveur.

NUL NE POURRA TRAVAILLER , HORS NOUS ET NOS AMIS.

Aligner des phrases , employer de grands mots pour exprimer de petites choses ; exagérer à plaisir les maux les plus chimériques ; parodier en prose un vers placé si gaiement dans la bouche de *Trissotin* , tout cela n'est malheureusement que trop facile , et je confesse qu'il faudrait conduire à Charenton celui qui proposerait au Gouvernement une mesure qui aurait pour principe ou pour conséquence : *nul ne pourra travailler , hors nous et nos amis.*

Sous l'ancien régime , c'est-à-dire sous le régime affreux des Corporations , *Télémaque* sortit des presses de *Didot ; le Paute , Robin , l'Épine ,*

l'Épine , *Bréguet* illustrèrent l'horlogerie ;
Auguste père , dans l'orfévrerie , prépara la
réputation de son fils ; l'industrie française
était cependant alors enchaînée par l'entrave
des corporations, par les liens des règlemens !

D'autres corporations non moins utiles
existaient , et notamment l'ordre des Avo-
cats.

Un stage de quatre années , une assistance
régulière aux conférences , une conduite irréprochable et surveillée ; des consultations
gratuites précédaient l'inscription d'un Candidat sur le tableau ; un désintéressement ho-
norable distinguait cette profession ; aujour-
d'hui le barreau est sans liens et sans discipline , si je puis m'exprimer ainsi. A Dieu
ne plaise cependant que je veuille intenter ici
un procès à ceux qui les défendent ; je rends ,
au contraire , un sincère hommage aux talens distingués comme au désintéressement
de plusieurs Jurisconsultes; mais j'ai voulu
prouver que , sous l'ancien régime , toutes
les corporations, *sans exception* , avaient
une grande utilité morale et politique.

Vous craignez l'exclusion , le *non admit-
tatur.*

C

Eh bien! donnez à tous les patentés le droit d'être admis dans une corporation.

Si la corporation elle-même, autorisée par le Gouvernement , juge un jour nécessaire de restreindre cette faculté indéfinie , ne vous allarmez pas de cette disposition , la corporation tiendra la balance, et l'autorité y mettra les poids.

Mais, je vous le demande, Messieurs, pourquoi le Gouvernement a-t-il borné le nombre des Avoués, celui des Notaires , celui des Commissaires-Priseurs , celui des Agens-de-Change, et depuis peu , celui des Bouchers , des Boulangers, à Paris ? Sans doute le caprice n'a pas eu part à ces limitations; quelque raison a prévalu sur l'indéfini. Pourquoi donc n'approuverait-on pas un jour la même fixation dans d'autres corporations même commerciales ?

Le nombre des Marchands de bois a quintuplé depuis la révolution. Qu'en est-il résulté ? chacun d'eux assiège à l'envi les adjudications; une rivalité jalouse ou aveugle fait élever le prix au-delà de toute proportion. On paie aujourd'hui 40 fr. les deux stères de bois qui correspondent à la voie ; tout se nivèle sur cette hausse, fruit malheureux de cette folle concurrence ; voilà , j'ose le dire, un des bienfaits de la Patente illimitée , et peut-être serait-il nécessaire d'ajouter que le Gouvernement, qui est le plus grand con-sommateur, paie bien cher cette augmenta-tion fictive de revenus: mais je m'écarte de mon sujet.

P A G E 51 :

On n'a pas eu la pensée de créer des corpo-rations de Laboureurs ou de Vignerons ; cepen-dant, ces manufactures-là sont au moins aussi nécessaires que les autres ; mais comme l'esprit exclusif n'a jamais dominé les habitans de la cam-pagne, personne n'a jamais imaginé des règles d'apprentissage pour conduire une charrue , pour cultiver un champ. Cette science n'est pas plus fa-cile que les autres , et nous pourrions dire qu'il faut bien autrement de capacité pour cultiver la vigne et pour faire le vin , que pour être Marchand de vin à Paris.

Personne n'a songé à faire des règlemens pour l'Agriculture , à obliger les Laboureurs à semer de telle façon , à planter de telle autre sous peine d'amende ; on ne sait pas encore dans les cam-pagnes ce que c'est qu'un Maître Laboureur; le compagnonage y est aussi inconnu ; c'est que là

*plus qu'ailleurs on sait que chacun doit vivre de
son travail*, *et que* le soleil luit pour tout le
monde.

C'est ainsi que l'esprit prend quelquefois,
dans les matières les plus sérieuses, la place
du jugement. Non, Messieurs, vous n'aurez
point la douleur de voir une congrégation de
laboureurs, une confrérie de vignerons. Le
privilège de labourer la terre ne sera mis ni
en ferme, ni en régie ; et comme il ne faut
pas de patente pour être agriculteur, on n'exigera pas de jurande pour cultiver la vigne ;
mais au nombre des bienfaits qui résulteront
de leur rétablissement, et sur-tout de leur
limitation, permettez-moi de compter pour
quelque chose de détourner du trafic mer-
cantil une foule d'hommes robustes et vigou-
reux qui assiègent les rues, les quais et les
places publiques, que la jurande restituera à
l'agriculture qui les rappelle et les réclame.

Le soleil, dites-vous, *luit pour tout le
monde* ; ne serait-il pas à préférer qu'il éclai-
rât tout le monde ?

PAGE 58:

On a beaucoup gémi sur ce qu'on appelle la dé-
cadence de nos manufactures ; il semble , à en-
tendre certains écrivains , et même beaucoup de
personnes de très-bonne foi , qu'elles sont dans un
état de désorganisation effrayante , et qu'elles sont
perdues à jamais , si on ne rétablit promptement
les seuls remparts qui peuvent les défendre , c'est-
à-dire, les Jurandes , les maîtrises et tout ce qu'elles
traînent à leur suite. On nous dit que ce n'est que
par des règlemens sévères qu'on peut préserver le
public de cette quantité d'ouvrages mal fabriqués
dont il est inondé ; qu'il importe encore pour le
bien des ouvriers intelligens , que les mauvais ou-
vriers ne puissent être admis à la maîtrise; qu'il im-
porte aux consommateurs que leur confiance ne soit
plus trompée par des ouvriers inhabiles.

Je ne me réunirai ni à ceux qui exagèrent
sans mesure les progrès de l'industrie nationale , ni à ceux qui dépriment sans pudeur
l'état ancien de nos fabriques françaises.

La révolution a donné , j'en conviens , nais-
sance à quelques découvertes heureuses ;
mais si elle a donné la vie à quelques Manufactures nouvelles , et notamment à celle de

MM. de Montcloux et Janvry , dont les ouvrages précieux sont dignes des plus grands
éloges , et rivalisent déjà avec ce que les fabriques anglaises ont produit de plus parfait
en ce genre ; Lyon , Tours , Nismes et tant
d'autres cités jadis si florissantes , n'ont-elles
pas perdu presque tout leur commerce industriel, les unes par la mobilité de nos modes
et de nos goûts , les autres par les changemens survenus dans nos ameublemens , dans
nos habitudes , et presque dans nos mœurs ?
Voilà , Messieurs, ce qu'il est urgent de réé-
difier.

La monarchie et ses formes sont appellées
à réparer ces ruines , à recréer l'activité , à
rendre la vie à ces villes naguères si indus-
trieuses , où le génie du commerce fécondait
toutes les institutions , enfantait des chefs-
d'œuvres , et créait des monumens qui éton-
nèrent tellement l'un des derniers Empereurs
d'Allemagne , Joseph II , qu'il dit , en quit-
tant Lyon : *Comme Souverain , j'aimerais
mieux posséder Lyon que Paris.*

Certes , Messieurs , je ne pense pas que
des Jurandes soient indispensables à ces utiles
manufacturiers ; mais je crois nécessaire de
leur accorder les règlemens qu'ils sollicitent.

Ces règlemens établiront le droit commun entre le fabricant et l'ouvrier, ils en constitueront les obligations réciproques; ils formeront, en quelque sorte, le complément des lois civiles, qui ne peuvent embrasser que l'universalité des citoyens d'un même Empire.

P A G E 71 :

Les rétributions qu'on peut exiger de la classe industrielle sont de deux sortes : un paiement préalable, au moyen duquel on acquiert le droit d'exercer une profession; ou des impôts annuels. Dans le premier cas, le paiement peut être gratuit, c'est-à-dire, sans intérêts; ou il peut-être considéré comme un prêt ou une sorte de cautionnement.

De quelque manière qu'on l'envisage, ce ne serait réellement autre chose qu'un emprunt sans intérêts ou avec intérêts.

Le brevet de Marchand ou de Maître est l'autorisation donnée par le Prince, d'exercer une profession ou un métier : il me semble que ce brevet peut être assimilé à un titre de finance, et comme tel, sujet à un cautionnement, qui dès-lors doit porter intérêt.

Que l'opinion le considère ensuite ou comme un prêt forcé, ou comme un emprunt déguisé, le résultat n'en sera pas moins utile à l'État, à qui il procure un moyen d'amortir une partie de la dette publique, et, d'autre part, il n'est pas onéreux au breveté, dès que son capital porte intérêt. Ce brevet sera un titre de propriété pour le pourvu , et dès-lors une garantie de plus pour le public; car le breveté tiendra davantage à l'honneur comme à la nature de sa profession. Je dis plus, ce brevet sera pour lui, sinon un moyen de fortune, au moins un supplément de crédit.

Vous dites , page 74:

On ne peut pas plus exiger ce cautionnement d'un Commerçant, d'un Manufacturier, d'un Artisan que d'un Laboureur.

Je crois qu'il n'y a aucune similitude à cet égard entre un Commerçant et un Laboureur. Le Commerçant, l'Artisan ne s'établissent que dans les villes où une population fixe ou sans cesse renouvellée leur offre des espérances de vente ou de travail.

Le Laboureur vit, au contraire, loin des

cités et de leur tumulte; il ne participe ni aux avantages d'une ville policée, ni à ceux des institutions qui en sont la suite nécessaire. Ce Laboureur est ou Propriétaire ou Fermier.

S'il est Propriétaire, il cultive a son gré ses terres, il les ensemence, il les récolte, et il acquitte des contributions.

S'il est Fermier, son bail lui prescrit des conditions relatives à l'exploitation, il donne un prix de ferme, son bail est sa patente, et le Propriétaire a sur lui, sur sa fortune, des droits que la loi lui assure.

La vie de ce Cultivateur est un labeur perpétuel dont le succès est attaché aux caprices des saisons, aux hasards de la température.

Le Commerçant, l'Artisan des villes, au contraire, n'a ni ces dangers, ni ces chances; il conserve ce qu'il ne vend pas; et si la police qui veille pour lui ne lui assure pas la vente de ses marchandises, elle lui garantit au moins leur conservation par sa surveillance.

Si le Marchand expose en vente des marchandises avariées ou falsifiées; l'Artisan, des ouvrages mal fabriqués, détériorés, ou contraires aux règles de l'art, aux règlemens de la Police, la Corporation les surveille, et cette surveillance est déjà une garantie.

Les récoltes du Laboureur, au contraire, n'ont besoin d'aucune surveillance; elles sont l'ouvrage de la nature; pures comme elle, elles sont insusceptibles de falsification.

La comparaison me paraît donc manquer tout à la fois de justesse et d'application.

P A G E 75 :

Il est des circonstances qui exigent des ressources aussi promptes qu'inattendues; dans ce cas, la res-source des impôts est trop lente, et souvent même elle ne peut être aussi grande que l'exigent les be-soins; c'est alors qu'on est forcé d'avoir recours à des moyens extraordinaires, et qu'on n'a pas tou-jours l'alternative du choix. Les anticipations sur les revenus ont des bornes qu'on ne peut dépasser.

Les emprunts publics sont aussi un moyen dont on a fait usage; et s'il a eu, en France, des résul-tats funestes, c'est peut-être plus parce qu'on n'a pas su en faire un bon usage, que par l'usage qu'on en a fait, etc.

J'ignore jusqu'à quel point les besoins de

l'État pourraient commander un jour la nécessité de moyens extraordinaires.

J'ai lu avec beaucoup d'attention et un grand
intérêt les trois derniers comptes rendus; et si
quelque chose peut porter, bien plus que le
nombre de nos armées et de nos flottes, la
terreur et l'étonnement chez les Peuples voisins, amis ou ennemis, c'est ce revenu colos-
sal qui entre chaque année dans le Trésor
public.

Comme M. le Rapporteur, je pense que la
ressource des anticipations doit être limitée,
car sous un Ministre moins sévère, elle serait
funeste tout à la fois à la fortune publique et
à la fortune privée.

Vous prétendez que les emprunts directs
sont plus avantageux à l'État, en ce que d'une
part ils ne sont pas soutenus par des privilèges, et que de l'autre ils n'atteignent pas les
basses classes de la société. (*Je me sers des
expressions de la Chambre de Commerce*).

Je ne me permets aucune opinion sur le
succès ou non succès d'un emprunt public ;
je dois seulement observer que le taux d'intérêt se mesurerait nécessairement sur celui
des 5 pour $\frac{\circ}{\circ}$, et dès-lors le but d'un emprunt
serait manqué.

Quel serait, en effet, le résultat d'un emprunt vis-à-vis des prêteurs ? Ou une constitution en rente perpétuelle ou viagère, ou une obligation à terme, portant intérêt jusqu'à rembours. Les capitalistes compareront, peseront les avantages de tel ou tel placement, et dans le doute la cupidité les fera plutôt incliner vers le plus que vers le moins.

Qu'en résultera-t-il ? Je crains de le dire : infailliblement la baisse des 5 pour $\frac{o}{o}$

Voilà mon opinion, en supposant que l'emprunt fût rempli : mais si, contre mon attente et la vôtre, cet emprunt ne l'était pas, le conséquence serait la même pour les 5 pour $\frac{o}{o}$: le Trésor public n'encaisserait pas l'emprunt qu'il jugeait utile ou nécessaire à ses besoins, et peut-être une partie de ses transactions en éprouverait quelque défaveur. Voilà le danger d'un emprunt direct, s'il est intempestif.

La ressource des Jurandes et Maîtrises, au contraire, est exempte de toutes ces chances; le Gouvernement, modéré dans ses fixations, recevra d'autant plus qu'il demandera moins. L'emprunt direct ne pourrait se remplir qu'à Paris, par les capitalistes banquiers ou non banquiers, étrangers ou français, qui résident dans cette capitale. Le prêt forcé des Jurandes se répartirait, au contraire, sur environ 800 villes. J'en ai fait le dénombrement; et ce cautionnement, si vous l'appellez ainsi, s'acquitterait infailliblement.

Je pense aussi que les brevets pourraient s'acquitter en trois années et en douze termes, *facilité qu'un emprunt public ne peut pas donner.*

La caisse d'amortissement, dirigée par un Administrateur aussi pur qu'éclairé, emploierait les fonds provenans de ce prêt obligé, soit à amortir d'autant la dette publique, soit à d'autres opérations non moins utiles, et ce que le Trésor public n'aurait pas en recette disponible, il l'aurait en dépenses annuelles moindres à acquitter, ce qui équivaut, ou plutôt ce qui est bien préférable à un capital toujours trop facile à s'évaporer.

Je pourrais étendre davantage sur cette importante matière, et mes idées et mes réflexions : peut-être un jour, plus confiant dans mes forces, essaierai-je de développer mes vues sur l'administration publique. Mais si je persiste dans cette idée, ce dont je chercherai le plus à me garantir, c'est de l'esprit de systême, qui condamne avec intolérance

tout ce qui ne porte pas le cachet de la nou-
veauté, tout ce qui n'est pas en harmonie
avec ce que la néologie appelle des IDÉES
LIBÉRALES, DES PENSÉES PHILOSOPHIQUES.

M. le Rapporteur termine l'alinéa de la
page 75 par cette phrase :

*Si les emprunts ont eu en France des résultats
funestes , c'est peut-être plus parce qu'on n'a pas
su en faire un bon usage , que par l'usage qu'on en
a fait.*

L'auteur n'a-t-il pas plutôt voulu dire :
Si les emprunts ont eu en France des résultats funestes , c'est peut-être plus par l'usage
qu'on en a fait , que parce qu'on n'a pas su en
faire un bon usage ?

PAGE 75 :

*La méthode des emprunts par la voie des créa-
tions d'offices , est la plus ancienne de toutes ;
mais nous croyons aussi qu'elle est la plus désa-
vantageuse pour l'Etat et pour les sujets.*

Si le tems a consacré dans la main des gou-
vernans le moyen des emprunts par 'la création des offices, c'est déjà une reconnaissance.

que ce moyen avait eu au moins jusqu'ici le succès que l'autorité en espérait.

Le mot *vénalité* est devenu une expression à laquelle on feint d'attacher, depuis la révolution, un sens, une idée qui semble exclure le talent, pour ne favoriser que la fortune ou l'ignorance; mais si une question de cette nature était traitée avec quelqu'indépendance, c'est-à-dire, sans égard pour tous ces petits intérêts en apparence froissés, ou trop prompts à s'allarmer (*car comment supposer que des magistrats recommandables par leurs services puissent jamais être allarmés sur leur sort*), elle trouverait des partisans et des défenseurs même parmi eux; elle en trouverait, j'ose le dire, auprès de l'autorité; car ce moyen attacherait au Chef de l'Empire, et par la fortune, et par la reconnaissance, tous ceux qui, directement ou indirectement, lui devraient leur considération et leur existence politique : mais j'ajourne cette grande question, pour me renfermer dans la défense du système des Jurandes et des Maîtrises, système qui se rattache, il est vrai, à celui de la vénalité des offices par la propriété, comme par l'intérêt du fisc, mais qui en diffère essentiellement par la nature et par les conséquences. Je ne veux pas cependant terminer cet article, sans citer ce qu'a dit un auteur moderne dont le nom est justement célébre :

« Il faut voir, dit-il, comment la vénalité
» des charges s'est introduite, et, sans se
» laisser prévenir par la fausse idée que l'on
» attache aujourd'hui à ce mot, voir quels
» effets cette vénalité a produits sur la magis-
» trature; si, par la bonté même de la cons-
» titution de cette magistrature, une ressource
» purement fiscale dans l'origine ne s'est pas
» perfectionnée avec le tems, et n'a pas
» éloigné à jamais des inconvéniens bien plus
» grands que ceux qu'on lui reproche ».

Un grand publiciste du dix-septième siècle a dit : « La vénalité amène l'hérédité, et l'hé-
» rédité seule peut assurer le repos des fa-
» milles et des nations ».

MONTESQUIEU enfin s'exprime ainsi dans l'*Esprit des Lois* :

« La vénalité (*a*) est bonne dans les États
» monarchiques, parce qu'elle fait faire
» comme un métier de famille ce qu'on ne
» voudrait pas entreprendre pour la vertu ».

(*a*) Si cette réflexion avait besoin d'être justifiée, je citerais à son appui cette longue suite de noms

P AGE 81 :

Pour remplacer ainsi l'impôt des patentes , il faudrait préalablement former les Corporations dans leurs différentes espèces, et les classer chacune en son rang. Cette première opération n'est pas exempte de difficultés.

Cette classification ne sera pas aussi difficile que vous le pensez.

Les Marchands pourraient être divisés en

---

célèbres qui ont illustré la Magistrature et les Lettres durant la vénalité des charges.

Le Chancelier *de l'Hôpital ;*
Montaigne , Conseiller au Parlement de Bordeaux;
Jeannin , Président au Parlement de Dijon ;
Le Président *Molé ;*
Le Président *de Thou ;*
Le Chancelier *Séguier ;*
Le Chancelier *de Lamoignon ;*
Domat , Avocat du Roi au Présidial de Clermont;
Bouhier , Président au Parlement de Dijon ;
Le Chancelier *d'Aguesseau ;*
Le Président *de Montesquieu ;*
Le Procureur-Général *Joly-de-Fleury ;*
Le Président *Hénault ;*
Pothier , Conseiller au Présidial d'Orléans ;
Le Président *de Brosses ,* à Dijon ;
Jousse , Conseiller au Présidial d'Orléans;
Lamoignon de Malesherbes.

D

huit Corporations, et les Artisans en vingt Communautés.

L'édit de 1776 fixait, à Paris, les Corps de Marchands à six, et le nombre des Communautés à quarante-quatre. Total...... 50

Je réduirais ce nombre à vingt-huit, en y comprenant huit Corporations de Marchands. Le Commerce de bois et de charbon et celui de la Librairie ne formaient pas autrefois partie des Six-Corps; mais chacun d'eux me paraît, et par sa nature, et par son utilité, mériter de former une Corporation particulière; et pour éviter les dangers qui résulteraient d'un trop grand nombre de Communautés, il serait à desirer que chaque Corporation se composât de toutes les professions qui ont entr'elles quelqu'affinité, quelqu'analogie, quelque réciprocité.

Par exemple, les Marchands de bois à brûler formeraient Corps avec les Marchands de bois quarré, bois de menuiserie ou de charronnage, et les Marchands de charbon.

Les Libraires se réuniraient avec les Imprimeurs (a) les Fondeurs de caractères, les

(a) Je viens d'être informé qu'une pétition signée d'un grand nombre d'Imprimeurs, et tendante à être érigés en Corporation, a été adressée à l'Empereur;

Éditeurs de Musique , de Géographie , les Papetiers et les Cartiers.

Les Orfèvres avec les Joailliers, Bijoutiers et Lapidaires.

Comme les mêmes affinités existent dans les Communautés d'Artisans , je réunirais les Bouchers et les Charcutiers , les Boulangers et les Pâtissiers, etc. etc.

Croyez , Messieurs , que cette opération serait peu difficile ; et si vous n'étiez arrêtés que par cette considération , leur réunion vous démontrerait bientôt que ce que l'intérêt et la raison commandent , trouve toujours une obéissance facile , une exécution rapide.

Quant à l'impôt des Patentes, j'estime qu'il ne pourrait conserver cette dénomination qu'à l'égard des Banquiers , Commissionnaires , Armateurs , Fabricans et Manufacturiers, qui y resteraient assujettis ; car le brevet remplacerait , à l'égard des Marchands et Artisans , la Patente quant aux effets ; mais ceux-ci auraient encore vraisemblablement à supporter l'impôt *de l'Industrie* , ainsi qu'il existait dans l'ancien régime sous cette dénomination.

---

et cette pétition est *postérieure* au Rapport fait à la Chambre de Commerce.

Cet impôt se répartirait, à l'avenir, par Corporation. Les Jurés et Adjoints en feraient le répartement, avec équité et connaissance, entre tous les membres de la Communauté, dans la proportion, et selon la nature de leur Commerce. Et peut-être pourrait-on adopter, pour asseoir cet impôt, le mode des classes de *crédit* adopté par la Banque de France pour l'escompte. Il y aurait des classes d'impôt industriel.

Cet impôt serait dès-lors équitablement réparti, il entraîneroit moins de réclamations que la Patente, parce qu'il n'atteindrait que ceux qui doivent le supporter; l'acquittement enfin en serait plus certain, la perception plus facile, et certainement moins dispendieuse, bien que les exceptions fussent plus difficiles.

Il est à présumer aussi que le Gouvernement exempterait de tout impôt *industriel* les membres des Corporations et Communautés *brevetées* pendant le terme donné pour l'acquittement de leurs brevets, en justifiant de paiement.

PAGE 102:

Il y a très-peu d'objets manufacturés qui puissent être soumis à la censure ou à l'examen d'un Inspecteur, par la grande raison que cette censure

n'aurait aucun effet , et que l'Inspecteur le plus sûr
et le plus impartial , c'est le consommateur. Toutes
vos inspections , toutes vos règles , toutes les pré-
cautions de vos Syndics , ne pourront pas faire que
j'emploie de l'étoffe qui ne me conviendra pas ,
quand elle aurait les attestations les plus authen-
tiques qui m'en garantiraient la bonté. Le consom-
mateur est le juge souverain en ces matières ; c'est
le seul Tribunal compétent , et dont il n'y a point
d'appel.

La Librairie , la Pharmacie , la Distillerie ,
la Droguerie , l'Epicerie , l'Orfévrerie , les
Etoffes d'or ou argent, les ouvrages en cuivre ,
plomb et étain , le Commerce des vins , vinaigres et eaux-de-vie , le Commerce de bois,
tout cela doit être soumis à une inspection ,
non pas seulement de la Police , mais des
gens de l'Art ou du Métier proprement dit.
Les étoffes même en laine et coton , et une
foule d'autres ouvrages manufacturés doivent
avoir aussi une garantie , non pas seulement
dans le poids, dans la mesure , ou dans la
qualité , mais dans la marque , si souvent
contrefaite , et dès-lors si fatale aux habiles
Fabricans.

C'est ce vice que les corporations seules
pourront corriger et réprimer ; car c'est dans

la détérioration des qualités et l'altération des métaux et matières, que consiste presque toujours le bon marché d'une foule d'objets qu'un manufacturier habile ou inventeur ne peut livrer au même prix. Voilà ce qui *désappointe* une foule de Fabriques nationales, parce que les moyens de répression sont trop faibles, et dès-lors décourageans, et je crois consciencieusement que les Jurandes seules peuvent suppléer à cet égard la Législation commerciale et industrielle, et recréer dans l'Empire et chez l'Etranger la considération et la confiance que nos Fabriques et nos Manufactures s'étaient si justement acquises.

Vous dites enfin que le *consommateur est le juge souverain :* mais quel sera son recours si le Marchand ou l'Artisan ont spéculé sur sa crédulité ? Les Syndics ou Jurés, qui, à des heures incertaines, peuvent visiter les marchandises exposées en vente, inspirent dèslors une crainte salutaire ; et c'est ainsi que la police du Corps offre à cet égard au Gouvernement, au Public, une surveillance beaucoup plus utile que la police même de l'Etat.

PAGE 103 :

On croit peut-être aussi que les Corporations

pourraient être un moyen de police particulière pour l'entretien des bonnes mœurs et de la bonne con- duite : les membres de la Communauté exerçant une surveillance mutuelle les uns envers les autres, retiendront mieux chacun dans son devoir ; l'am- bition même de parvenir aux charges de la Com- munauté entretiendra une certaine émulation qui rendra plus jaloux de se distinguer dans sa pro- fession.

Dans les transactions du Commerce, la con- fiance est personnelle ; elle est le fruit de l'union des vertus morales et de la capacité ; elle s'accorde plus souvent à la probité qu'à la fortune, etc. etc.

Oui, je le pense, les Corporations auraient ce résultat infaillible.

En *commerce*, on craint peut-être moins la censure du magistrat que celle de son corps.

L'ambition, l'émulation de parvenir aux charges temporaires de Syndic ou de Juré, rameneront insensiblement les vertus qui ap- pellent et fixent tous les suffrages. Ne point les obtenir, ne sera pas un déshonneur; en être exclus, sera une tache.

Heureux le Monarque qui voit l'honneur, même le plus frivole, compté pour quelque chose dans la nation qu'il gouverne!

Croyez que ce sentiment d'honneur, cet
antique besoin des Français, est commun à
toutes les professions. S'il varie dans ses causes, il est par-tout le même dans son acception morale, comme dans ses effets.

PAGE 106:

*Les communautés d'Artisans, si faciles à s'unir
contre l'autorité du Sénat, étant devenues dans la
suite suspectes à la République romaine, elles
furent supprimées sous le consulat de L. Cœcilius
et de Q. Martius. Clodius les fit rétablir, pour se
rendre le peuple favorable, et avoir dans ces sociétés
d'Artisans un secours toujours prêt pour soutenir
ses entreprises.*

Les Artisans, à Rome, existaient donc en
communauté, puisque les Consuls Cœcilius et
Martius les supprimèrent?

Ces corporations y étaient, dites-vous, un
instrument de troubles; sans doute, sous un
tribun tel que Clodius; ce Clodius dont Ci-
céron disait : *Milon n'a pas tué Clodius;
mais je prouverai que s'il l'eût tué, il eût bien
fait.*

Ici, nous n'avons pas cela à craindre; ces

foyers de discorde n'existent plus, et l'action de la police surveillera puissamment ces réunions.

Les assemblées générales seront rares, leur local sera déterminé; et lorsqu'une fois les corporations auront choisi leurs Jurés ou Syndics, le corps agira par ses délégués.

Les Boulangers et les Bouchers se sont assemblés l'année dernière dans leurs arrondissemens respectifs, ils ont procédé à leurs élections sans tumulte, comme sans trouble; n'avons-nous pas lieu d'espérer le même résultat des communautés qui sont à recréer?

PAGE 108 :

Nous connaissons un projet de règlemens présenté, il y a quelques années, au Ministre de l'intérieur, par des Manufacturiers de Lyon : rien n'y est omis, puisque le prix de la main-d'œuvre y est tarifé.

On conçoit avec peine comment une ville aussi renommée par la fécondité de son industrie peut regretter ce système si universellement condamné.

Quoi ! MM. de la Chambre du Commerce de Paris, vous n'accordez pas même aux manufacturiers de Lyon la connaissance des moyens qu'ils jugent dans leur sagesse pouvoir contribuer à l'amélioration de leurs fabriques?

Leurs erreurs même seraient à respecter, j'ose le dire.

Cette ville, jadis si opulente, cette ville qui devait sa splendeur à l'art, au génie industriel de ses habitans ; cette ville que tous les souverains enviaient à la France ; à qui des Français voulurent ôter jusqu'à son nom, et dont l'Empereur s'occupe si glorieusement de réparer les ruines ; c'est à cette ville que vous refusez raison, bon esprit, jugement !

Les Manufacturiers qui l'habitent veulent des règlemens, et vous les traitez presque d'insensés ; si ces règlemens contiennent quelques dispositions, ou incohérentes, ou nuisibles, éclairez-les, faites disparaître ces taches, mais ne soupçonnez ces Fabricans, ni d'impéritie, ni de tyrannie. Ils veulent des lois vigoureuses, mais ils veulent y obéir ; en leur proposant une liberté illimitée, vous leur proposez l'anarchie, et des Manufacturiers ont un esprit d'ordre, de discipline, qui ne peut se concilier avec ces principes abstraits qui prévalurent un instant en 1776, et trop long-tems pendant la révolution ; avec ces systêmes, bons en

théorie, peut-être, mais que la pratique condamne, etque l'expérience de deux siècles
repousse si victorieusement.

En 1776, la secte des Économistes voulait
que la terre supportât tout, parce que sa bienfaisance inépuisable créait tout. Cette doctrine
paraît aujourd'hui abandonnée de ses anciens
sectateurs, d'après ce qu'on lit, page 45 :

*Ce n'est pas la terre , la mer, et encore moins les
métaux précieux qui composent la vraie richesse des
nations ; ce sont les produits du travail qui composent leur véritable richesse.*

Cette dernière phrase est plus consolante ;
mais, plus elle est vraie dans tous les sens, plus
je persiste à penser que le travail et l'industrie
ont besoin d'être dirigés, d'être protégés, non-
seulement par la main puissante des lois, mais
par la nature et la force des institutions qui en
assurent l'exécution.

PAGE 120 :

*Un Charron vantait beaucoup les avantages du
rétablissement des Jurandes ; on lui fit observer
qu'il faudrait payer la maîtrise comme autrefois.*

Cela est vrai, répondit le Charron, il faudra payer cette maîtrise ; mais cela n'y fait rien ; je puis acheter ce droit sans me gêner, et je connais deux ou trois Charrons dans mon quartier qui n'auront pas les moyens de payer cette maîtrise ; il faudra qu'ils quittent, alors j'aurai plus d'ouvrage.

— Mais si vous aviez été obligé d'acheter une maîtrise lorsque vous avez commencé votre établissement, et que vous ne l'eussiez pu, auriez-vous trouvé les Jurandes si utiles ?

Le Charron ne sut que répondre.

C'est un apologue, à peine ingénieux, que vous venez de citer. Que signifie-t-il, en effet ? que le Charron aisé paiera plus facilement son droit de maîtrise, que les deux Charrons ses voisins.

Il me semble que, dans un métier aussi borné que celui du charronnage, il faut rechercher l'origine du succès de l'un et la cause de la détresse de l'autre. Or, il n'est pas douteux que le Charron plus aisé n'a acquis un peu d'aisance que par un travail constant, une conduite sage, un approvisionnement de bois, et des roues bien fabriquées; il en reçoit le prix par plus d'aisance, cela est juste : le succès est, dans tous les états, la récompense du travail. Qu'arrivera-t-il, si une Maîtrise est créée? le Charron laborieux et aisé deviendra maître; le Charron inhabile ou paresseux sera compagnon ; le public et lui-même y gagne- ront, car il ne paiera ni patente, ni loyer de boutique, et le consommateur aura de bonnes roues. Peut-être même arrivera-t-il que l'ému- lation, le desir de la Maîtrise répareront le mal que la Patente avait originairement causé.

Ceci me conduit à rapporter un entretien que j'ai eu hier avec M. G., Boucher, rue *Poissonnière*, homme très-intelligent.

Vous êtes, lui dis-je, actuellement en com- munauté ? — Oui, M^r.; mais malheureuse- ment nos Syndics ou Adjoints n'ont aucune relation avec nous. — Payez-vous un droit ? — Oui, M^r.; nous sommes divisés en trois classes : la première paie 3000 fr. de cautionne- ment, la deuxième 2000, et la troisième 1000.

— C'est ainsi, à raison d'un débit plus ou moins étendu, que vous êtes placé dans une classe plus ou moins élevée ?—Oui, M^r

—Mais par quel hasard la viande achetée sur pied 9 s. 3 d. la livre, d'après les mercuriales, qui vous sont toujours favorables, se revend- elle 14 et 15 s. ? Cette différence est énorme, et vous donne des profits excessifs.

— Non, M^r., pas autant que vous le pensez. Je mange trois bœufs par semaine (*c'est l'expression dont il s'est servi*), et il n'y a pas de semaine où je n'ai beaucoup de viande gâtée, car je ne peux pas tuer le quart d'un bœuf: l'été, un moment d'orage me fait perdre deux cents à trois cents livres de viande; il faut bien que le consommateur m'indemnise.

— Quel serait donc le moyen de diminuer le prix de la viande, lorsqu'une année aussi abondante en fourrage aurait dû en faire baisser le prix?

— Le seul, M^r., serait de réduire le nombre des Bouchers, et je consentirais volontiers, en ce cas, à 6000 fr. de Maîtrise.

Notre état exige si peu d'avances, que je m'étonne encore que nous trouvions des garçons Bouchers, et ce danger réel ne peut trouver de remède que dans la maîtrise.

Je l'ai quitté, après cet entretien; mais bien persuadé que, dans ce commerce, la concurrence et la multiplicité des Bouchers étaient au moins une des causes *secondes* du prix excessif de la viande.

PAGE 126:

Les moyens d'influence qui nous paraissent les

plus certains, ont déjà été essayés avec un grand
succès : ce sont les expositions publiques des objets
manufacturés et des inventions des arts ; les récom-
penses accordées à ceux qui y fournissent les pro-
duits les mieux fabriqués, les découvertes les plus
utiles.

On peut en étendre l'application, en multiplier
et en fixer les époques, et y donner, s'il est possible,
une solennité plus grande.

Je rends hommage à la belle conception
d'une fête à l'Industrie.

Je crois que les Fabricans trouveront dans
cette Exposition publique un grand moyen
d'émulation; dans les médailles, un puissant
encouragement. Mais, Messieurs, le Fabricant, le Manufacturier, l'Artiste ne seront pas
sujets à la Jurande ; des règlemens suffisent
à leurs besoins ; ils paieront annuellement
une Patente ou Licence, car je n'ai jamais
pensé qu'une Communauté ou Corporation
de Manufacturiers puisse raisonnablement
avoir lieu ; mais veuillez m'expliquer quel
rapport peut avoir cette fête de l'Industrie avec
la Pharmacie, avec le Commerce de vin, avec
l'Épicerie, etc. etc. etc. C'est pour les Marchands et les Artisans que je réclame des Ju-

randes et des Maîtrises. Je me trompe, Messieurs, c'est pour les consommateurs, c'est pour la bonne foi, c'est pour l'ordre public que j'invoque le rappel d'une institution que l'expérience positive consacrée par deux siècles entiers a fait considérer comme utile, nécessaire, indispensable.

Les Marchands et les Artisans n'ont pas de droits à des récompenses nationales; ils ne peuvent prétendre à des médailles, mais ils veulent arriver aux distinctions de l'ordre dans lequel ils seront classés, mais ils veulent transmettre leur état à leurs enfans, ils veulent conséquemment la propriété du titre, et la raison me paraît en cela d'accord avec leurs justes prétentions.

Si quelque découverte, quelqu'objet fabriqué mérite une distinction, un encouragement, sans exclure les médailles, un brevet de Marchand ou de Maîtrise, ne pourrait-il pas devenir aussi une récompense nationale? Et c'est ainsi que toutes les classes commerciales et industrielles peuvent participer aux bienfaits d'une belle institution.

P A G E 130 :

Un Code industriel régissant toutes les Manufactures,

factures, serait un lien de garantie, et jamais
un moyen de persécution ; il écarterait les gênes
inutiles, les inquisitions minutieuses des corpora-
tions, qui s'attachent toujours plus aux personnes
qu'aux choses.

Je conçois, Messieurs, l'utilité d'un Code
de Commerce ; mais un Code industriel ! ma
raison trop bornée se refuse à croire à sa pos-
sibilité, à son utilité. Dans un Code de Commerce tout est, tout sera positif : la définition
des Lois qui le concernent, leur nécessité, leur
but, leur application ; la définition des traités,
des associations, leur différence, leur analogie, leur principe, leurs effets, leurs conséquences, etc. etc. etc.

Je conçois tout cela.

Je conçois un Dictionnaire des Arts et Métiers, je conçois un brevet d'invention, je conçois enfin le droit d'un auteur dans un ouvrage
dramatique; mais un code de l'industrie! Cette
pensée a paru ingénieuse, et dès-lors facile à
l'auteur qui l'a conçue; mais l'a-t-il bien réflé-
chie, cette idée phosphorique? L'industrie est
fille de l'invention, et comme elle, elle est
sans bornes; chaque jour ôtera ou ajoutera
inévitablement quelque chose à ce code mo-

E

bile, et un code ne peut être exposé à toutes les variations qu'une découverte heureuse, qu'un simple perfectionnement peuvent nécessiter. Je déclare que si quelqu'un me consultait sur la formation d'un code de cette nature, je lui dirais : Prenez une ou deux rames de papier blanc, formez-en un gros registre, et sur la première page écrivez— CODE DE L'INDUSTRIE.

———

La CINQUIÈME PARTIE du Rapport traite des inconvéniens qui résulteraient et pour le consommateur et pour le propriétaire de vins, et le commerce lui-même, de l'adoption des règlemens présentés par les Marchands de vin.

Je n'avais aucune connaissance de ces Statuts, et plus le rapport frappait d'animadversion quelques articles de ces Règlemens, plus je regrettais de n'avoir pas l'ensemble de leurs dispositions, afin de mieux juger, soit de leurs inconvéniens, soit de leur utilité, et de me réunir à M. le Rapporteur, si quelques articles me paraissaient obscurs, arbitraires, ou incohérens.

Je me suis adressé, à cet effet, à l'un des négocians qui honorent le plus cette profession, et il m'a remis, de confiance, ces Réglemens qui, comme l'a imprimé M. Vital-Roux, sont revêtus de 300 signatures. La rédaction en avait été confiée à douze Marchands, lesquels ne s'étaient réunis pour s'occuper de cet utile travail, que d'après l'autorisation formelle de M. le Préfet de Police; et la lettre qui lui a été adressée, et *dont copie sera jointe,* prouve autant la juste déférence que le commerce de vins porte à ce Magistrat, que la confiance où les Rédacteurs étaient que leur ouvrage , bien qu'assenti par 300 signatures, serait nécessairement soumis à un sévère examen.

Dans l'état des choses, le premier soin d'une corporation qui voulait se former ou se reconstituer, devait être d'examiner les anciens Statuts et Règlemens, afin d'éliminer les articles devenus inutiles, d'éclaircir ceux qui présentaient quelqu'obscurité ; de modifier , retrancher ou ajouter ceux que la raison, éclairée de l'expérience, jugerait susceptibles d'être modifiés ou augmentés.

Or, il était tout simple que les Négocians chargés de ce travail consultassent les Édits, Déclarations et Règlemens homologués depuis l'Edit de juin 1587 (*qui érigeait les Marchands de vin en Corps et Communauté, gouvernés par quatre Maîtres et Gardes, avec les mêmes fonctions des Maîtres et Gardes des autres marchandises*), et notamment l'Édit de septembre même année (*contenant les premiers Statuts*).

Les Lettres-patentes du mois d'août 1647 (*portant les nouveaux Statuts et Règlemens, vérifiés en Parlement*).

Les Lettres-patentes du 21 avril 1705 (*portant Statuts de la Communauté des Marchands de vin, à Paris*).

L'arrêt du Parlement du 8 août 1739 (*portant Règlement pour la réception des Marchands de vin de Paris*).

L'Arrêt du Conseil d'État du 12 avril 1746 (*portant Règlement pour la fermeture des caves ouvertes contre la disposition des Statuts*).

L'Arrêt du Parlement du 1er. février 1747 (*qui autorise les Maîtres à faire fermer les secondes caves qui seraient ouvertes sans permission*).

L'Arrêt du Conseil d'État du 29 juin 1750 (*qui commet douze dégustateurs, pour goûter les liqueurs qui seront saisies*).

La Sentence de Police du 9 juillet 1751 (*qui condamne deux Marchands de vin, cha-*

cun en 20 *liv. d'amende, pour avoir eu des fontaines ou baquets mal-propres dans leurs caves*).

L'arrêt du Parlement du 18 janvier 1752, en forme de Règlement (*tant contre les garçons Marchands de vin, que contre les Courtiers et autres Placeurs*).

L'Arrêt du Conseil d'État du 20 juin 1752 (*portant Règlement pour ce qui concerne le Corps des Marchands de vin*).

Enfin, les Lettres-patentes de septembre 1779, registrées en Parlement le 7 septembre 1780 (*portant Règlement pour les Statuts du Corps des Marchands de vin*).

Ces recherches nécessaires ont dû précéder le travail de ces douze Commissaires; et pour me mettre plus en état de justifier, soit l'opinion du Commerce de vin, soit mes idées particulières, si elles se trouvaient conformes ou opposées aux règlemens soumis à la sanction de l'autorité, je me suis livré à ces mêmes recherches élémentaires; et plus j'ai médité les anciens et *nouveaux* règlemens de ce Corps, plus je me suis convaincu de la nécessité où se sont trouvés les rédacteurs d'atteindre le moyen, 1°. d'éloigner de Paris des hommes qui, n'ayant d'autre domicile que les ports et les quais , n'étant ni Patentés, ni Propriétaires , ni Commissionnaires , ni même Marchands , s'entremettent néanmoins dans toutes les opérations du Commerce de vins ; 2°. de mettre un frein à ce mélange , devenu presque public , de vins et autres liquides , qui , en portant préjudice à la vie des hommes , n'est pas moins funeste aux Commerçans honnêtes , lesquels , bien qu'étrangers à ce honteux trafic , se voient malheureusement exposés aux mêmes soupçons.

Ces Commissaires , animés de ce double intérêt , ont pensé qu'il était indispensable de frapper tout à la fois d'une crainte salutaire , et ces vampires du commerce , et ces manipulateurs effrontés que la Police peut d'autant moins atteindre , qu'à la faveur de la plus modique patente , ils exercent dix professions à la fois ; et tous pensent que le remède à ces maux est dans la publicité d'un règlement sévère , confié à la surveillance du Corps.

Les rédacteurs ont commis à la vérité une grande erreur ; c'est d'avoir confondu des *Statuts* avec la partie *réglémentaire* et de *discipline.*

Les statuts sont l'ouvrage de l'autorité , et ne doivent émaner que d'elle.

Les règlemens peuvent , au contraire , être l'ouvrage de la Corporation , mais ils ne sont obligatoires qu'après l'homologation.

D'après cela , l'autorité peut restreindre , modifier ou rejetter les règlemens qui lui sont présentés.

Comme citoyens , tous les membres de la Corporation sont soumis aux lois ; et comme Commerçans , loin de s'y soustraire , ils prouvent , par leur travail même , qu'ils en sollicitent le bienfait et l'appui.

En imprimant ce projet de Statuts , et les objections de la Chambre du Commerce , l'opinion publique , en quelque sorte provoquée , jugera si un travail de cette nature ne devait pas plutôt trouver , auprès de leurs *pairs* , bienveillance que critique , encouragement que blâme.

J'ose même espérer que MM. de la Chambre du Commerce reconnaîtront eux-mêmes qu'ils ont erré dans leurs calculs.

Plus leur pouvoir consultatif semble en apparence borné, plus il commande de justes égards; mais plus il importe que les principes qu'ils émettent ou qu'ils développent, ne soient pas en opposition avec le bien qu'ils veulent faire, avec celui dont ils sont tous si capables.

Les Statuts et Règlemens présentés par le Commerce de vins, sont divisés en cent articles, et cette prolixité est déjà un inconvénient : la crainte d'une omission fait quelquefois tomber dans une redite, et je ne puis disconvenir que les règlemens anciens, et notamment ceux de 1705, avaient autant de clarté, autant de prévoyance, et beaucoup plus de concision ; et c'est cette clarté, cette concision qui assurent tout à la fois l'intelligence des lois et leur exécution.

Nota. J'ai reporté, à la fin de ces *Observations*, l'examen, article par article, de ces règlemens projettés.

PAGE 169, on lit :

Cette Administration nouvelle est chargée de la recette des Jurandes : elle perçoit des rétributions annuelles, elle fait des confiscations, des saisies à son profit ; elle nomme des agens, quarante Gourmets, et douze Commissionnaires privilégiés ; elle les surveille, elle fait des visites domiciliaires quand il lui plaît,

non-seulement chez les Marchands de vin,
mais chez tous les particuliers ; enfin, elle
peut apposer les scellés sur les magasins et
caves, sur un simple soupçon.

Je vais analyser ces divers griefs, et je
prouverai qu'aucun d'eux n'est fondé.

1°. *Cette administration est chargée de la recette des Jurandes.*

La recette du prix des Jurandes ne pourrait être que très-indirectement confiée à cette
Commission, et il y aurait démence à penser
que le prix de ces Jurandes fût perçu à son
profit, ou même à celui de la Corporation.

2°. *Elle perçoit des rétributions annuelles.*

La Corporation recevrait, par les mains
de la Commission, un droit de réception,
et ce droit, qui ne se paie qu'une fois, est
fixé à 6 fr.
Quant aux frais de visites annuelles, d'après
le Projet de règlemens, la Commission ferait
quatre visites par an, qui, à raison de 30 s.
chaque, formeraient au total 6 fr.

Je simulerai plus bas un compte de *re-cettes*, où je ferai entrer ces deux élémens de produit, et j'ai la certitude que la Chambre se formera une toute autre idée des recettes qui seraient temporairement confiées aux Syndics; mais, afin de hâter cette conviction, qui, j'ose le croire, sera absolue, je vais démontrer qu'une des bases sur lesquelles la chambre de Commerce a établi ses calculs, est absolument fausse.

Voici ce que, page 170, on lit :

Le nombre des Marchands de vin, à Paris seulement, s'élève à plus de trois mille cinq cents ; et si nous y ajoutions la banlieue, il n'y aurait aucune exagération de le porter à quatre mille ; mais, comme il y en aurait au moins un quart qui seraient réduits à abandonner leur profession, nous n'évaluerons qu'à trois mille le nombre des Marchands que les statuts ne ruineraient pas.

L'impôt des Patentes, si votre calcul était juste, serait bien vicieux ; car le nombre des Patentés, d'après des renseignemens que je crois positifs, ne s'élève qu'à 1610; Savoir :

Marchands de vin en gros (*a*)........ 190

Marchand de vin en détail (*b*)...... 1420

1610

Dans ce nombre, je ne comprends pas six cent trente cabaretiers, qui sont en même-tems *traiteurs*, et la Patente elle-même les différencie.

Supposons ensuite qu'il y ait dans la banlieue cent Marchands de vin *non-traiteurs*, c'est beaucoup; plus cinquante commissionnaires, c'est le *maximum* le plus forcé; et vous n'ignorez pas que les *commissionaires* forment une classe absolument distincte.

Il y aurait donc, d'après ce calcul, environ dix-sept cents marchands, et encore faudrait-il que la loi y appellât ceux de la banlieue, ce qui préjugerait d'autres conséquences; mais, supposons même qu'il y ait à Paris dix-sept cents Marchands de vin assujettis à la Jurande,

---

(*a*) L'*Almanach du Commerce de Paris* n'élève le nombre des Marchands de vin qu'à 1056.

(*b*) L'*Annuaire du département de la Seine*, ouvrage extrêmement utile, qui vient de paraître, élève à 1605 le nombre des Marchands de vin patentés; et on peut d'autant moins douter de son exactitude, que cet Annuaire a été rédigé par M. Allard, premier Commis de la direction des Contributions.

pourriez - vous penser que la cupidité trouvât un grand aliment dans c ette opération? Ne faudrait-il pas, la première année, pourvoir aux dépenses d'un premier établissement ; payer un loyer, une contribution quelconque ; avoir des registres, un bureau, des chaises, une caisse, un ou deux Commis, du bois, des lumières? et tous ces frais nécessaires n'absorberaient - ils pas une partie de ce faible capital ? D'après cette démonstration, ou l'impôt des patentes est vicieux, car il n'atteint que la moitié de ceux qui doivent le supporter, ou votre calcul de 3500 Marchands de vin est erroné. Vous basez cependant toutes les recettes sur ce nombre, et dans ce cas vos additions sont évidemment fautives. Mais poursuivons :

Cette Commission fait des saisies , des confiscations.

J'ignore quelle sera la portion d'intérêt qui sera dévolue à la Corporation dans les saisies et confiscations, et il est à présumer que les hôpitaux et le fisc en réclameront une partie ; mais, en supposant que cette recette puisse s'élever par année , comme le dit la Chambre de Commerce, à 15,000 fr.,

Il faudra en déduire nécessairement les frais auxquels ces saisies donneront lieu ; ce sera dès-lors un bien modeste capital à exploiter.

Elle nomme des Agens, douze Commission-
naires et quarante Gourmets.

Je n'ai vu nulle part que cette Commission nommât des Agens ; mais elle manifeste le desir de nommer quarante Gourmets et douze Commissionnaires : or, il est plus que douteux que le Gouvernement jamais lui accorde ce droit ; elle serait, je pense, consultée sur leur nombre comme sur leur choix ; et c'est la seule prétention qu'elle puisse avoir. J'observe au surplus que ce travail excessif, sous le poids duquel le Rapporteur paraît craindre que cette Commission ne s'accable, à cet égard, n'aurait lieu que la première année.

Elle les surveille.

C'est une conséquence naturelle des fonctions des Commissionnaires et des Gourmets. Le public est intéressé à cette surveillance, qui supplée, sans l'exclure, celle de l'autorité.

Elle fait des visites domiciliaires quand il lui plaît, non-seulement chez les Marchands de vin, mais chez tous les particuliers.

Oui, sans doute, elle a droit de faire des visites chez les Marchands de vin; mais le mot *domiciliaires*, dont on se sert malignement, exprime une idée plus étendue, qui rappelle d'amers souvenirs, et qui n'existe pas dans le règlement. La Commission, en effet, ne pourra visiter que les caves, les celliers et les magasins, et cela ne peut s'étendre au-delà.

A l'égard des visites chez les particuliers, il y a deux mots d'omis, et qu'il faut rétablir : chez les particuliers *vendant vin;* et comme cette omission altère le sens du règlement, l'opinion, dès-lors, n'a plus autant à s'allarmer des conséquences de ce droit.

Elle peut apposer les scellés sur les caves et magasins, sur un simple soupçon.

Si l'article 13 du règlement porte cette expression, c'est indubitablement un vice de rédaction. Je m'en réfère, à cet égard, à mes observations sur ce même article, et je dois ajouter que le mot *simple* soupçon n'existe pas dans le projet des Statuts.

La Chambre de commerce établit le compte de recette ainsi qu'il suit :

La Jurande produira une somme de trois millions, ce qui assure un revenu annuel au moins de...................... 150,000 fr.

Plus, quatre visites par an chez trois mille Marchands, à 30 s. par visite...................... 18,000

Comme la Jurande est main-mortable, les mortalités des maî-tres sont un nouveau moyen de revenu pour la Commission qui revendra la Jurande ; et comme les veuves pourront encore jouir du privilège, en supposant trente morts par an, nous les réduirons, par cette considération, à 15,000

Les destitutions : les Statuts n'ordonnent aucune restitution de Jurande, quinze destitutions par an sur trois mille membres. 15,000

Les droits pour les caves en ville ; le droit d'inscription, an-née commune................ 9,000
_____
207,000

De l'autre part.... 207,000 f.

Les saisies et confiscations au profit de la Commission. Cette évaluation est difficile à faire; mais, pour ne pas être accusé d'exagération, nous ne les portons que pour.............. 15,000

222,000

Avant d'établir le compte plus réel que je crois devoir substituer au compte fictif de la Chambre de Commerce, je vais indiquer les causes de cette différence.

1°. Le premier article du compte de la Commission, comme je l'ai déjà dit, résulte de la supposition que le prix de la Jurande sera perçu au profit de la corporation; or, il est indubitable que le prix de ces Jurandes sera versé dans la caisse d'amortissement.

Il faut donc retrancher en totalité le premier article du compte....... 150,000 fr.

2°. Il est présumable que les quatre visites que propose la corporation, seront réduites à deux, et modérées à 1 fr.; mais, sup-

150,000

posant

Ci-contre...... 150,000 f.

posant deux visites à 30 s., il faudra retrancher du 2ᵉ. article du
compte la somme de........ 9,000

3°. Le 3ᵉ. article doit être en
entier retranché, d'abord parce
qu'il suppose une main - mortabi-
lité qui est plus que douteuse; ensuite parce que, dans l'hypothèse
même la plus favorable à l'opinion de la Chambre du Commerce, cet article ne pourrait pas
figurer pour le capital, mais sim-
plement pour l'intérêt........ 15,000

Le 4ᵉ. article pèche par son
principe. La destitution ne sera
pas l'ouvrage de la Commission,
mais celui de l'autorité; et lors
même que la Jurande serait
main-mortable, le profit de cette
destitution ne pourrait pas appartenir à la Corporation; il faut
donc retrancher en *totalité* les 15,000

5°. Le 5ᵉ. article du compte
repose sur les droits de caves en

189,000

F

De l'autre part.... 189,000 fr.

ville ; mais, d'abord, le droit
à payer sera nécessairement modéré;en second lieu le nombre des
caves, dont vous présumez chaque année l'ouverture, est excessif; en effet , comment supposer
l'ouverture annuelle de trois cents
caves? Paris renferme 25,000
maisons : vous prétendez que déjà on y compte 3,500 marchands
de vin; chacun d'eux a nécessairement *une* cave dans la maison
qu'il occupe ; supposons ensuite ,
et cela n'est pas exagéré, que
chaque marchand en ait encore
une en ville, ce sera alors. 7,000
caves ou maisons de dé-
tail existantes.

Ajoutez à ce nombre,
pendant vingt ans, l'ou-
verture *annuelle* de 300
caves, comme vous le
dites, ce sera dans vingt
ans............... 6,000

TOTAL. 13,000

D'après ce petit calcul, dans

189,000 fr.

Ci-contre..... 189,000 fr.

vingt années la moitié des maisons de Paris serait indubitablement convertie en Cabarets.

Je crois donc, Messieurs, que vous pouvez, sans mauvaise humeur, me permettre de retrancher encore................ 6,000

6°. Le 6e. article est évidemment forcé ; mais, en le supposant juste dans son total, il est au moins à présumer que les hôpitaux et le fisc en réclameront les deux tiers ; il convient donc de les déduire du compte , ci.... 10,000

205,000

Le compte de la Chambre du Commerce s'élevant à........ 222,000

Le résultat réel serait....... 17,000

Je vais à présent, de mon côté, établir l'état des recettes présumées :

Première année.

1°. Droit de réception sur dix-sept cents Marchands, à 6 fr........... 10,200 fr.

F 2

De l'autre part	10,200 fr.
2°. Deux visites par an, à 1 fr.	3,400
3°. Droit d'ouverture de caves, *par approximation*	3,000
4°. Tiers dans les saisies et confiscations, *d'après votre supposition*	5,000
TOTAL . . .	21,600 fr.

Deuxième année et suivantes.

1°. Restant en caisse de la première année	*mémoire.*
2°. Droit de réception sur cinquante Marchands, à 6 fr.	300 fr.
3°. Deux visites par an, à 1 fr.	3,400
4°. Droit d'ouverture de caves.	3,000
5°. Tiers dans les saisies et confiscations	5,000
TOTAL des recettes pour la 2°. année	11,700

Élevez, exagérez même ces bénéfices, ou plutôt ces diverses recettes, et vous n'en aurez pas moins la conviction que l'exploitation de cette Caisse ne peut, en aucune manière, faire l'objet secret d'une spéculation.

CONSIDÉRATIONS.

LA Chambre de Commerce, forte d'une masse imposante de lumières, qui relève encore l'importance de ses fonctions, a sans doute pensé qu'elle devait envelopper dans une même proscription toutes les Corporations *passées*, *présentes* et *futures*.

Moins favorisé par les lumières et l'avantage de la position, je suis aussi moins ambitieux dans mes projets, moins absolu dans mes desirs; mais intimement persuadé qu'il convient à la France, qu'il est utile à son commerce, à l'industrie de ses nombreux habitans, à l'ordre social, de rétablir les Jurandes et les Maîtrises, de recréer ces mêmes Corporations que l'on feint de redouter; non-seulement j'élève ma faible voix en faveur de leur rétablissement, mais je déclare que, si jusqu'ici mon opinion eût été indécise, incertaine, ce serait dans ce rapport même, fait à la Chambre de Commerce, que ma raison se serait éclairée, que mes doutes se seraient convertis en certitudes; car l'Administration a, comme la géométrie, ses problêmes et ses solutions.

Plus j'ai médité, en effet, cet important Ouvrage, qui, par son sujet, et quelquefois par son style, est digne d'un double intérêt, moins j'ai hésité à combattre des principes que je crois erronés, plus j'ai cru devoir opposer les résultats de l'expérience à des calculs théoriques, le vœu éclairé de l'opinion aux illusions de l'esprit; enfin, la véritable mesure de la liberté du Commerce aux prestiges trompeurs d'une liberté absolue.

La science de l'homme n'est pas la connaissance des hommes.

Si l'homme n'a besoin d'aucune institution, les hommes en sentent le besoin, en reconnaissent la nécessité, en réclament le bienfait; car ils ne peuvent respirer l'air trop subtil d'une liberté indéfinie.

Au surplus, fidèle à la division des questions qui sont contenues au rapport fait à la Chambre du Commerce, je ne m'en suis point écarté; et j'avoue que si j'eusse voulu traiter cette matière *ex professo*, j'aurais établi les mêmes propositions, pour, après leur développement, en tirer des conséquences absolu-

ment opposées ; je crois en effet avoir irrésisti-
blement démontré, ou je me soumets à prouver, 1°. que les Corporations, et particulière-
ment les Communautés d'Arts et Métiers,
existaient chez les Egyptiens, ce peuple le
mieux policé dont l'histoire nous ait transmis
le souvenir ; qu'elles existaient chez les Ro-
mains et dans les Gaules ; que ces mêmes
institutions existent aujourd'hui dans tous les
Gouvernemens, et que l'intérêt de tous en
exige le maintien ou le rétablissement. Je dis
plus ; si l'antiquité de ces institutions n'en con-
sacrait pas en quelque sorte l'utilité, il appar-
tiendrait à l'Europe moderne, à la France,
d'en réaliser la pensée.

2°. Que les Jurandes et les Maîtrises avaient
un but moral et politique.

Moral, parce que, s'il importe peu à la
société qu'un citoyen, qu'un enfant *même*
soient trompés dans ce qu'ils achètent ou
dans ce qu'ils consomment, il n'est pas moins
contraire aux mœurs et dangereux pour la
morale publique qu'ils puissent l'être.

Politique : les lois ont bien en effet le pouvoir d'empêcher le mal, celui de le punir ;
mais elles n'ont pas celui de faire le bien ; les
Corporations seules peuvent suppléer à cette

impuissance ; et si, enfin , ces établissemens participent de toutes les institutions humaines par quelques défectuosités, ces taches légères disparaissent et fuient devant les nombreux avantages que le Corps social , le Commerce et l'Industrie même en retirent.

3°. Je crois avoir également démontré que comme moyen d'Emprunts,et comme moyen d'Impôts, le rétablissement des Corporations suppléerait les uns , et faciliterait les autres.

En paix comme en guerre , l'annonce d'un *emprunt public* est une confidence faite à l'Europe d'un besoin réel , et la politique extérieure tire toujours quelqu'avantage de cet appel aux capitalistes.

La création des Jurandes et Maîtrises , au contraire , est une organisation interne ; elle est une loi de discipline et de haute administration ; elle est un supplément aux autres garanties sociales ; elle a tous les avantages d'un emprunt direct , et n'a aucun de ses inconvéniens.

Si ensuite cette institution est considérée sous le rapport de *l'impôt*, elle éclaire le fisc sur tous ceux qui en sont passibles ; elle lui épargne des frais énormes ; de justes répartiteurs succèdent à des impositeurs indifférens

et toujours rigides ; elle devient enfin un tribunal de famille *consultatif*, lors d'une récla-
mation sur le *trop imposé*.

4°. J'ai prouvé que la surveillance de la
Police était insuffisante pour atteindre une
foule de professions; que, pour en imposer
davantage, l'action de cette même police devait toujours être inapperçue, et qu'on obtien-
drait, sans frais et sans appareil, des corporations elles-mêmes, par leurs Syndics ou Jurés, une surveillance plus active, une garantie
plus éclairée.

Je vais plus loin ; cette surveillance tourne
tout à la fois au profit de la société , comme
à celui du pouvoir qui en est inséparable : elle
diminue, en effet, le nombre des agens sa-
lariés ; elle substitue une puissance douce et
non recusable, aux formes sévères et toujours
redoutables de la Police ; cette surveillance
enfin a le grand art de prévenir le mal , tandis
que la Police ne peut, ne doit et ne sait que
punir ; car elle ne voit que des délits.

5°. J'ai considéré les Règlemens présentés
par la Commission provisoire du Commerce
de vins, et assentis par 300 Patentés, comme
la manifestation du vœu de ce corps d'être
reconstitué. Le Magistrat de Police , loin d'a-

voir ignoré cette réunion, paraît au contraire, l'avoir autorisée, puisque c'était à cette même autorité que la Commission soumettait le *projet* de ses Statuts et Règlemens.

Entraînés par un zèle que la conviction des abus, la conscience des maux à réparer a pu exagérer, ces Commissaires ont multiplié, indiqué des moyens ou des mesures qui peuvent donner lieu à d'autres abus; la puissance suprême qui doit tout prévoir, qui doit une égale protection au *Commerce*, au *Consommateur* et au *Propriétaire*, modifiera, restreindra ou rejettera les demandes du Commerce de vins ; mais j'ai la certitude qu'elle n'y appercevra ni l'intention d'une basse cupidité, ni le projet d'une inquisition domiciliaire, ni enfin la ruine ou la mort de l'industrie nationale.

Comment supposer en effet que des Syndics, dont les fonctions temporaires sont toujours gratuites, aient pu spéculer sur l'exploitation d'une caisse dans laquelle devait se verser, *d'après l'opinion de la Chambre de Commerce,* l'énorme somme de *trois millions* qui par le fait se trouvent réduits à environ *vingt mille francs?*

Comment se persuader que les Syndics d'une Corporation commerciale, telle que

celle dont est question, aient eu la coupable
pensée de se transformer en un comité de
recherches, et d'étendre jusque dans le secret
du domicile leurs perquisitions ?

Comment enfin un homme aussi éclairé
que M. Vital-Roux a-t-il pu croire et imprimer que l'industrie française s'ensevelirait
sous le régime d'une institution, à qui elle doit
en quelque sorte son origine, et certainement ses progrès ? comment se refuserait-il à
voir que le Marchand, l'Artisan à qui la patente
permet de varier sans cesse, l'un son commerce, l'autre son métier, trouvent leur
ruine dans cette inconstance même ; car la
fortune se joue du piège qu'elle tend à leur
crédulité. Le Marchand, en mobilisant ainsi
son existence, n'acquiert ni tact ni expérience ; l'Artisan n'invente rien, ne perfectionne rien, et détériore tout ; il essaie plusieurs métiers ; et après avoir échoué dans
tous, il arrive enfin à l'âge où ses organes
sont sans flexibilité. Alors de tristes, mais
trop tardives réflexions viennent l'éclairer ;
car déjà il éprouve l'indigence qu'un faible
assujettissement aurait prévu ; et comme il
n'a aucun secours à espérer, aucunes consolations à attendre d'égaux qu'il a à peine

connus, d'une agrégation qui n'existait pas, un hospice devient sa seule ressource, et inévitablement son tombeau.

En Administration comme en Commerce, le mieux *imaginaire* est véritablement l'ennemi du bien *réel.* En Administration, les théories les plus dangereuses ont toujours un côté brillant ; en Commerce, les spéculations les plus hasardeuses sont presque toujours les plus séduisantes, et, à la honte de la raison humaine, l'exagération d'un bien ou d'un mal *possibles* est toujours certaine de faire des conquêtes ou des dupes.

C'est assurément aux Jurandes, aux Maîtrises, et aux Corporations en général, que cette triste vérité peut le plus aisément s'appliquer.

Les Jurandes entraînaient des abus, elles commettaient des exactions, du moins on le suppose.

Les Maîtrises exerçaient une inquisition tyrannique, fatale aux arts, funeste à l'industrie, c'est le cri des économistes.

Les Corporations jouissaient de privilèges nombreux.

Pour remédier au mal, on a brisé l'institution. N'eût-il pas été préférable de remédier aux abus , de supprimer les privilèges, et de recréer ces utiles agrégations , véritables foyers de l'esprit national, où le talent s'épurait ; où les mœurs s'adoucissaient ; où la morale publique conservait , exerçait son empire ; où la bienfaisance répandait sans éclat , mais avec discernement , d'utiles secours ; où l'enfance malheureuse obtenait quelqu'appui ; où l'infortune des veuves trouvait des consolations d'autant plus précieuses, qu'elles ne les humiliaient pas ?

Dans les maux physiques , l'erreur du médécin naît presque toujours de l'ignorance du mal ; en administration, le mal connu doit toujours trouver son remède.

La suppression des Jurandes et des Maîtrises est véritablement une erreur politique ; mais un Gouvernement éclairé peut tirer quelquefois plus d'avantages d'une grande faute que d'une grande action ; et s'il est plus difficile , il est aussi plus glorieux de réparer le mal que de faire le bien.

Il appartient à l'Empereur , à qui tous les genres de gloire sont si familiers , de faire rentrer dans un cours forcé ce torrent qui déborde , et menace d'entraîner le commerce et l'industrie de la nation.

Sans doute quelques intérêts se diront froissés, des économistes opiniâtres s'éleveront contre cette pensée routinière, qui, loin même d'être en opposition avec leurs systêmes, s'y lie et s'y rattache indissolublement. Quel sera, en effet le résultat du rétablissement des Jurandes et des Maîtrises? de faire renoncer au négoce quelques petits marchands sans crédit et sans fortune, de détourner du trafic quelques artisans sans moyens et sans ressources. Eh bien! l'agriculture leur ouvre ses bras et son appui. Leur vieillesse eût été misérable, infirme dans les villes, les travaux agricoles leur donneront la force et l'aisance: car la terre est rarement ingrate; et un jour peut-être ils béniront la puissance qui les a contraints, pour leur intérêt même, à reprendre leurs anciennes habitudes.

D'autres obstacles naîtront aussi de la chose même; quelques difficultés résulteront des incorporations obligées de divers métiers réunis; la raison et l'autorité pourront aisément les applanir. L'eau d'un fleuve n'est jamais aussi pure à sa source qu'elle l'est dans son cours, et quelques mois suffiront pour que cette vérité trouve sa juste application.

L'opinion publique, cette force irrésistible,

qui triomphe toujours, et dont on ne triomphe jamais, le vœu éclairé du commerce, la voix de l'industrie appellent et provoquent de concert le rétablissement des Jurandes et Maîtrises.

La raison explique ce besoin, ce desir. Dans la nature tout tend à la destruction; en politique, au contraire, toutes les institutions doivent tendre à la durabilité, comme en administration elles doivent avoir pour principe et pour but l'harmonie de tous les États, celle de toutes les Professions.

Le Gouvernement d'un grand État doit avoir nécessairement, comme l'Architecture, de justes proportions; et les diverses professions de la société sont ou suppléent les degrés qui font la hauteur du trône.

Quelle garantie plus assurée pour le Marchand et l'Artisan, de la stabilité de son état, que la propriété du titre en vertu duquel il l'exerce ?

Pour le Gouvernement, pour le consommateur, quelle sécurité plus grande que celle qui s'appuie tout à la fois sur un cautionnement matériel, sur une garantie morale, et sur cette censure tacite et salutaire que les diverses Corporations exercent non-seulement sur tous les membres d'une même profession, mais encore sur les objets exposés en vente, manufacturés ou fabriqués, et même sur les matières; censure d'autant plus heureuse dans ses résultats, qu'outre l'avantage d'être utile aux consommateurs, elle aura infailliblement celui de rappeller et de fixer pour toujours la confiance de l'étranger, qui, trompé durant cette anarchie commerciale sur la nature de nos marchandises, repoussé par l'imperfection de nos ouvrages, s'est vu contraint de porter chez nos rivaux sa confiance et ses tributs?

Vous m'objectez que ce rétablissement portera préjudice au Commerce, à l'Industrie et aux Manufactures, en retirant de leurs mains nécessiteuses des capitaux déjà trop faibles. Cette objection est spécieuse : et d'abord les Armateurs, Banquiers, Commissionnaires, Expéditionnaires, Fabricans et Manufacturiers ne seront pas assujettis à la Jurande. Une Patente, ou Licence *annuelle*, *temporaire* ou *viagère* leur suffit.

Les Artistes, c'est-à-dire, ceux qui exercent *exclusivement* des Arts libéraux, en seront également affranchis.

Les Marchands *seuls* doivent être soumis à un droit de Jurande, et formeront Corporation.

Les Artisans *seuls* seront assujettis à un droit

droit de Maîtrise, et formeront Communauté.

Mais, me direz-vous, le fisc attachera un prix à ces brevets. Oui, sans doute : mais, à l'instar des cautionnemens, ces brevets porteront intérêt, et dès-lors ils deviendront un titre *patent* pour emprunter.

Ces brevets seront une *propriété*, et conséquemment une *hérédité*, seules et véritables sources de l'émulation.

La nature du Commerce, celle du Métier, le degré de population des villes seront indubitablement les élémens de la fixation de ces brevets, et le Gouvernement, sage autant qu'éclairé, apportera dans cette fixation la modération convenable au tems, aux lieux, aux circonstances.

Enfin les adversaires des Jurandes disent :

Laissez faire au tems, il corrigera les abus.

Et je leur réponds :

L'expérience du passé est un guide plus sûr. Deux siècles entiers ont consacré en France l'utilité de ses Institutions, et en administration comme en physique, une bonne législation doit être expérimentale.

G

L'espérance (*a*) des biens que promet un système brillant n'est pas un actif assez certain, n'est pas une jouissance assez positive, pour que la génération qui *vit* soit heureuse du bonheur dont jouira *peut-être* la génération qui *vient*. Non, les hommes en masse veulent un bonheur positif, palpable, présent.

Ils rejettent le bonheur à venir comme douteux et presqu'idéal : mais ce qu'ils redoutent principalement c'est l'esprit de système, enfant de l'imagination, et impétueux comme elle ; ils savent, en effet, que l'esprit de système dénature et bouleverse tout, sans jamais rien créer.

Ils se confient plus volontiers à l'expérience, qui, plus sage, plus modérée, observe, entretient, conserve, perfectionne tout, et ne détruit rien.

Ils craignent l'esprit de système, parce qu'il enfante l'esprit de parti, et que, pour se soutenir, il a besoin de sectateurs.

(*a*) L'*espérance* est ainsi définie dans la *Philosophie de l'Univers* : « Capitaliste opulente et généreuse, elle prête au malheur présent sur le bonheur à venir, et si noblement et avec tant de graces, que l'on croit malgré soi l'hypothèque bonne ».

Ils préfèrent, et avec beaucoup de raison, l'expérience, parce qu'elle s'appuie sur le tems, et que sans effort elle éclaire et fixe l'opinion.

Ils savent enfin que l'esprit de système ne vit que d'illusions et de chimères, tandis que l'expérience ne vit, au contraire, que d'observations et de faits.

Opposer l'esprit de système à l'expérience, c'est opposer la Fable à l'Histoire; c'est opposer à des résultats certains, incontestables, les sophismes brillans de l'esprit de novation, les calculs incertains d'une théorie dangereuse.

STATUTS ET RÈGLEMENS

DES MARCHANDS DE VIN;

Faits et dressés par la Commission provisoire, pour être gardés et observés par chacun des Marchands de vin de la commune de Paris, de ses Faubourgs et Banlieue, sous les peines y énoncées ; lesquels ladite Commission supplie très - humblement Sa Majesté Impériale de vouloir bien confirmer et approuver, afin qu'il n'y soit point contrevenu pour le bien de ses sujets et l'utilité publique.

Article Premier.

Le Commerce de vin, à commencer du..... est érigé en Corps, et régi par une Commission de six membres.

II

Les Membres de cette Commission seront élus et nommés par un nombre de soixante

Marchands de vin , et seront ensuite agréés par le Conseiller d'Etat Préfet de Police.

I I I.

Pour cette première élection seulement , ces six membres seront en exercice l'espace de trois années consécutives.

I V.

Lesdites trois années révolues, deux Membres sortiront au sort, et seront remplacés par deux nouveaux élus, choisis et agréés comme il est dit art. II.

La sortie des autres Membres se fera ensuite d'année en année, de la même manière qu'il aura été pratiqué à l'égard des deux premiers.

V.

Les fonctions des Membres de la Commission consistent à régir et administrer toutes les affaires du Corps des Marchands de vin et objets y relatifs.

V I.

L'époque pour le renouvellement des Membres de la Commission, est invariablement fixé au 1er. vendémiaire de chaque année, après le tems prescrit pour la durée des fonctions des six Membres élus dans la première élection.

Objections de la Chambre de Commerce.	*Observations.*
Art. I, II, III, IV, V et VI.	**Art. I, II, III, IV; V et VI.**
On ne dit point si ces Commissaires seront exclusivement choisis parmi les Marchands de vin, s'ils seront rééligibles ; cela était cependant essentiel.	Pour exercer la profession de Marchand de vin, il faudra être inscrit sur le registre de la corporation. Il est donc indubitable que les Commissaires de ce corps doivent en faire partie.
	Le dire, eût été un pléonasme.
	Les articles III et IV s'expliquent, à l'égard du renouvellement, mais ils ne s'expliquent pas sur la rééligibilité, et c'est une omission qu'il sera nécessaire de réparer.
	Il est à présumer que l'intention du corps sera de ne rendre rééligible un Membre sortant qu'après deux ans d'intervalle.

V I I.

Les Membres de la Commission sont tenus de s'assembler dans la chambre de leurs
séances, les mardi et vendredi de chaque semaine, deux heures de relevée, pour délibé-
rer sur les affaires courantes.

Objections de la Chambre.	*Observations.*
VII.	**VII.**
L'art. VII porte que la Commission est tenue de s'assembler deux fois par semaine, les mardi et vendredi, à deux heures, pour les affaires ordinaires.	Je partage l'opinion de la chambre à cet égard ; et pour éviter le partage, je crois qu'il faudrait que la Commission ne fût composée que de cinq Membres, ou sept au plus, mais toujours en nombre impair ; le plus ancien, suivant l'ordre de récep-tion, serait le Président.
En déterminant le nombre des assemblées, les jours et même les heures auxquelles elles doivent se tenir, on semble interdire toute autre réunion de la Commission. Si elle les juge nécessaires, pourra-t-elle se les permettre ? Il aurait été plus essentiel de prévoir les cas de partage d'opinion dans des assem-	

Objections de la Chambre.   *Observations.*

blées de six Membres dé-
libérans. Comment et par
qui seront-elles présidées?
C'est ce que le projet ne
dit pas.

V I I I.

Toute personne qui sera promue à la qualité
de Marchand de vin, sera tenue, lors de sa réception, de payer à la Commission la somme
de 6 fr., pour subvenir à ses frais de vacation
et administration.

I X.

Afin d'empêcher les fraudes et contraventions dans le Commerce de vin, la Commission
fera, tous les trois mois, une visite chez tous
les Marchands de vin de Paris, lesquels seront
tenus également de lui payer la somme de
1 fr. 5o cent. pour visite, et pour chaque maison et cave en ville, pour subvenir aux frais
de bureau.

X.

La Commission, soit pour avoir une convic-

tion intime qu'il ne se fait aucune contravention, soit qu'elle ait des soupçons sur le compte
des Marchands qu'elle doit surveiller, pourra
faire des visites extraordinaires, lorsqu'elle le
jugera nécessaire, mais sans pouvoir exiger ni
recevoir aucun droit.

X I.

Les contraventions seront constatées par
procès-verbaux d'huissier.

Objections de la Chambre.	*Observations.*
VIII, IX, X et XI.	**VIII.**
Vous voyez, Messieurs, que le plus léger soupçon suffira pour autoriser des visites de la Commission. Tant que ces visites n'auront lieu que chez les Marchands de vin, ils ne pourront s'en plaindre, puisqu'ils ont signé et approuvé ce projet ; mais on ne s'en tiendra pas là, comme vous allez voir tout à l'heure.	Le droit de réception par l'article VIII, est assurément très-modique : l'édit de 1587 fixait ce droit à un écu, et tout Marchand devait chaque semaine payer, en outre, un sol pour subvenir aux affaires du corps.
	IX.
	La rétribution de 30 sols exigée par l'article IX, n'est pas exagérée ; cependant l'article XXIV des Lettres-Patentes de 1779

Objections de la Chambre.   *Observations.*

n'autorisait qu'à percevoir 24 sols sur un rôle rendu exécutoire par le Lieutenant de Police, et le Commerce n'était assujetti qu'à une seule visite par an.

Ne pourrait-on pas borner le nombre de visites fixes à deux, et le droit de chacune à 1 franc?

X et XI.

Ces deux articles me paraissent sages et nécessaires, et hors de toute critique.

X I I.

Les contrevenans seront traduits à la Chambre de police, si le cas l'exige, laquelle statuera, à leur égard, telle peine et amende qu'il appartiendra.

Objections de la Chambre.   *Observations.*

XII.

XII.

Cet article présente un sens trop vague. Qui composera cette chambre de

Objections de la Chambre.   *Observations.*

police ? Quelle sera l'a-
mende et la peine ? Les
Statuts qui émaneront de
l'autorité s'expliqueront
sur cela.

X I I I.

Lorsque la Commission procédera aux visites énoncées aux art. IX et X, elle pourra
se faire assister d'un Huissier ou Commissaire
de Police, pour lui donner confort ou aide.

Elle pourra, si besoin est, faire ouverture
de tous les lieux où elle aura avis et soupçon
de contraventions, et y apposer ensuite les
scellés, si elle le juge nécessaire.

Objections de la Chambre.   *Observations.*

XIII.

On enfoncera les caves,
sur un soupçon de la Com-
mission ; et si la Commission *le juge nécessaire ,*
elle apposera les scellés.
On mettra les scellés sur
des magasins de vin , sur
des marchandises périssa-
bles , qu'il faut surveiller

XIII.

La rédaction de cet ar-
ticle est vicieuse ; l'alternative d'un Huissier ou
d'un Commissaire de po-
lice ne me paraît pas convenable. L'Huissier est un
Officier ministériel ; l'Officier de police est un Magistrat ; et ce dernier me

Objections de la Chambre.   *Observations.*

chaque jour, sans s'inquiéter si, par le fait de cette mesure, la marchandise saisie ne se détériorera, s'il n'y aura pas des coulages qui pourront la faire perdre ou l'avarier. On ne dit point si on établira des gardiens pour ces scellés, comment et quand ils devront être levés. C'est ordinairement par une voie d'autorité judiciaire qu'on appose des scellés : ici c'est la Commission elle-même qui aura ce pouvoir; c'est la partie accusatrice ou dénonciatrice, et au profit de laquelle les saisies et confiscations auront lieu.

paraîtrait commander plus de respect dans le cas d'une visite extraordinaire. La Commission pourra faire ouverture : on a sans doute voulu dire *requérir*. Elle pourra apposer les scellés. *Même observation.*

Lorsque des scellés sont à apposer pour fraude présumée, les frais doivent être payés par la partie condamnée.

Quant à la garde des scellés et aux avaries qui peuvent arriver aux vins, je confesse que l'article est incomplet à cet égard, et il ne peut subsister tel qu'il est rédigé.

X I V.

Pour surveiller et réprimer les abus et malversations qui peuvent se commettre dans le commerce de vin, il est permis à la Commission d'entrer dans toutes les caves, magasins et celliers, tant des Marchands de vin que de tous autres particuliers vendant vin, à l'effet d'y remplir les devoirs de sa charge, et pour ensuite en faire un fidèle rapport au Conseiller d'État Préfet de Police.

X V.

Dans les contestations qui pourraient sub-venir entre la Commission et les Marchands, ainsi qu'entre particuliers qu'elle doit surveil-ler, s'il est besoin de faire intervenir les dégus-tateurs ou arbitres, la moitié sera nommée par la Commission, et l'autre moitié par la partie adverse; mais s'il arrivait que lesdits arbitres ne fussent pas d'accord dans leurs opinions, il en sera nommé un d'office par le Préfet de Police, à la décision duquel les parties seront tenues de se conformer.

Objections de la Chambre.	*Observations.*
XIV et XV.	XIV.
Le projet ne dit pas quel nombre de Commissaires pourra représenter la Com-mission. Il dit *la Commis-sion;* or un seul Membre	Ainsi que la Chambre de Commerce, je pense qu'au lieu d'employer le mot *Commission*, lequel présente l'idée de tous les

Objections de la Chambre.   *Observations.*

de cette autorité pourra-
t-il la représenter ? Cela
doit se supposer , mais ce
n'était pas inutile à dire.

Ce n'est pas ici un tiers-
arbitre qui départagera
les arbitres nommés par
les parties , c'est un juge
suprême qui prononcera
en dernier ressort, un juge
nommé par la police , qui
statuera sur la légitimité
d'une saisie ou d'une confiscation , auxquelles auront procédé des Commis-
saires de police. Comme
les Statuts ont prévu les
cas d'infraction , qu'ils
prononcent des saisies ou
des amendes , croyez-
vous , Messieurs , qu'on
doive s'en remettre au jugement d'un seul homme,
d'un seul arbitre nommé
par la police , pour pro-
noncer sur des intérêts qui
peuvent compromettre
l'existence ou la fortune
des particuliers? Il nous

Membres qui la compo-
sent, on aurait dû dire quel
serait le nombre des Com-
missaires qui valideraient
un procès-verbal de visite.
Mais l'article en lui-même
ne donne lieu à aucune
autre inquiétude ; tout Citoyen , en effet , qui serait
injustement attaqué , aura
pour juge, et dès-lors pour
appui , le Magistrat de la
police.

XV.

La Chambre de Com-
merce commet , ce me
semble , une erreur à cet
égard.

Un tiers dégustateur
n'est appelé qu'en cas de
partage de voix ; ce sera
donc la moitié , plus une
voix , qui fera la loi des
parties , et non pas un dégustateur unique, qui prononcera en juge suprême.

Je crois que l'article

Objections de la Chambre.   *Observations.*

semble que c'est trop faire peut subsister tel qu'il est dépendre le sort des Mar- rédigé. chands de vin, et même des particuliers, d'une pré- vention de la Commission, et de son influence sur les décisions d'un seul juge.

X V I.

Si la Commission se trouve dans le cas de procéder judiciairement ou de prendre quelques décisions qui pourraient intéresser le Corps des Marchands de vin, elle pourra convoquer une assemblée extraordinaire, et s'adjoindre vingt-quatre Membres, pris parmi les plus anciens marchands de cette profession.

Objections de la Chambre.   *Observations.*

XVI.   XVI.

L'art. XVI détermine la forme des assemblées extraordinaires et générales des Membres de la communauté, pour les décisions ou les procès qui intéresseront le corps des

L'article XVI me semble ne pas mériter le reproche qu'on lui fait.

Il dit positivement que les vingt-quatre Membres seront pris parmi les plus anciens Marchands. Peut-

Objections de la Chambre.	*Observations.*
Marchands de vin. Ces assemblées extraordinaires se composeront de l'adjonction de vingt-quatre des plus anciens Marchands de vin.	être aurait-on mieux fait d'ajouter (ce qui est sous-entendu) , *suivant l'ordre de réception.*
Comme cette convocation sera faite par la Commission , si elle a intérêt de faire passer quelques décisions importantes, l'espèce de solemnité qu'on donne à ces assemblées ne sera qu'apparente ; car **MM.** les Commissaires ne manqueront pas d'y appeler leurs amis ou leurs partisans , etc. , etc. , etc. Ils auront grand soin d'en exclure les autres , etc. , etc.	

X V I I.

Toutes les délibérations de la Commission seront inscrites, jour par jour, sur un registre, et les titres et papiers seront classés et numérotés par ordre de matière, pour que chaque Membre de la Commission puisse en prendre communication au besoin.

XVIII.

(113)

XVIII.

Chaque année, au renouvellement des Membres de la Commission, il sera fait inventaire, tant de la Caisse que des titres et papiers, dont expéditions seront remises aux Membres sortans, pour leur servir de décharge.

XIX.

La Commission pourra nommer un de ses Membres pour faire les fonctions de Caissier ou Receveur; il sera chargé de toutes les recettes et dépenses, et en rendra compte à la Commission, toutes les fois qu'elle le requerra. Il y aura, à cet effet, une Caisse fermant à deux clefs différentes, dans laquelle seront versées toutes les sommes qu'il recevra, dont l'une lui restera, et l'autre sera remise au Membre le plus ancien de la Commission.

Il sera néanmoins laissé, entre les mains du Caissier, une somme déterminée par la Commission pour les affaires courantes.

Objections de la Chambre.	Observations.
XVII, XVIII et XIX.	XVII, XVIII et XIX.
Les articles 17, 18	Ces trois articles me

H

Objections de la Chambre. *Observations.*

et 19 règlent l'ordre intérieur de l'administration de la Commission, sa comptabilité, la forme de ses registres; ils nous paraissent d'une exécution très-difficile et sur-tout très-dispendieuse.

On y remarque de grandes mesures de précaution et de sûreté pour le maniement des fonds dont la Commission sera dépositaire, et vous allez voir tout à l'heure que ces précautions ne sont pas inutiles : ce n'est pas le côté le moins attrayant pour quelques-uns de ceux qui voudraient être admis dans cette Commission.

paraissent conformes à la raison, à l'équité et à l'intérêt de la corporation générale : je n'y vois rien qui semble indiquer le projet d'une manutention de deniers, soit au profit du Caissier, soit au profit des Syndics. J'établirai plus bas, au surplus, de quelle somme se composera cette caisse, qui exciterait si fort la cupidité.

X X.

Toute personne exerçant actuellement la profession de Marchand de vin dans la commune de Paris, sera obligée de passer au bureau de la Commission, pour y être reçue et enregistrée.

X X I.

Nul ne peut continuer à exercer la profession de Marchand de vin, qu'il n'ait satisfait
aux dispositions de l'article précédent, et payé
une Jurande de 1000 francs.

X X I I.

Tout Marchand reçu ne pourra déroger aux
présens Statuts et Règlemens.

Objéctions dè la Chambre.   *Observations.*

XX, XXI et XXII.   **XX, XXI et XXII.**

La corporation s'étend dans la ville, faubourg et banlieue. La Jurande frappe également le Marchand en détail et le Marchand en gros; tous, sans aucune distinction, seront tenus de payer 1,000 fr.; ainsi, le cabaretier du coin, comme le plus riche spéculateur, paieront la même Jurande; celui qui ne vend que cinquante pièces de

Aucun de ces articles n'a dit que la corporation s'étendrait dans la ville, faubourg et banlieue.

Je crois que les articles XX, XXI et XXII sont convenablement rédigés. J'en excepte cependant le taux de la Jurande: l'autorité est seule compétente pour juger si ce taux est trop faible ou trop élevé.

Je ne pense pas qu'il

H 2

Objections de la Chambre. *Observations.*

vin, comme celui qui en vend cinquante mille, sont condamnés au même tribut, etc., etc., etc.

puisse y avoir deux sortes de Jurandes, l'une pour le Commerce en gros, l'autre pour le Commerce en détail. L'une et l'autre ayant les mêmes droits doivent payer la même taxation; mais dans la répartition de l'impôt relatif à l'industrie, les répartiteurs auront nécessairement égard à la nature du Commerce, à son étendue, comme à son resserrement.

On ne dit pas si le droit acquis par cette Jurande sera perpétuel ou viager; si la Jurande sera restituée aux Membres de la communauté qui renonceront à leurs droits, si elle le sera en cas d'exclusion ou de faillite.

Le droit acquis par la Jurande sera une propriété; le titre sera transmutable à la volonté du titulaire, et d'après les formes qui seront prescrites.

On ne détermine même pas l'emploi de ces Jurandes : au profit de qui seront employés les trois millions, au moins, qui se-

Je ne pense pas que jamais il soit venu dans la pensée des rédacteurs de ce projet de règlemens, de croire que le droit de la

Objections de la Chambre.	*Observations.*
ront versés dans les mains de la Commission? A qui en devra-t-elle compte? Le projet garde le silence sur tout cela.	Jurande serait versé dans la caisse de la Commission. Si le Gouvernement institue des Jurandes et des Maîtrises, le droit s'acquittera à la caisse d'amortissement, comme tous les cautionnemens.

X X I I I.

Toute personne exerçant la profession de Marchand de vin, et qui y joint une ou plusieurs autres branches de Commerce, sera tenue d'opter, dans le cours des trente jours qui suivront l'avis qui lui en aura été donné par la Commission, sous peine de confiscation de ses vins, et de telle amende qu'il plaira à justice d'ordonner.

Objections de la Chambre.	*Observations.*
XXIII.	**XXIII.**
Nous ne savons pas ce qu'on pourrait répondre à un négociant qui, sommé par la Commission d'opter dans le délai de 30 jours,	Cet article est sévère ; je l'avoue ; l'exclusion trop absolue et le délai d'option beaucoup trop court. Dans tous les cas,

Objections de la Chambre.	*Observations.*

lui dirait : j'ai usé du droit que les Lois me donnaient, de réunir au Commerce de vin telle autre branche de Commerce qui lui est plus ou moins analogue ; j'ai fait des avances considérables pour les assortimens que je me suis procurés ; j'ai pris des engagemens envers des expéditeurs, et vous m'obligez d'opter.

Vous me donnez trente jours pour me déterminer, et pour renoncer à une partie de mes affaires, et au gage que les Lois m'accordent pour ma garantie.

un Commerçant doit jouir librement de sa Patente durant l'année, et le délai d'option doit être de six mois au moins, à partir de la promulgation du Décret, et après l'expiration de l'année où il a pris patente.

X X I V.

A l'avenir, nul ne pourra être reçu Marchand de vin, ni faire aucun Commerce de détail en cette partie, s'il n'a servi pendant quatre années consécutives à Paris, pour se rendre capable d'exercer cet état, chez l'un des Marchands de cette profession, ou s'il n'est fils de Maître.

X X V.

Avant que d'admettre quelqu'un à la Maîtrise, la Commission prendra les informations nécessaires pour savoir s'il est de bonnes vie et mœurs.

S'il résultait de ces informations la connaissance que le postulant a un vice notable, il en sera déféré au Conseiller d'État Préfet de Police, qui prendra à son égard telle décision qu'il appartiendra.

Provisoirement, il sera sursis à sa réception, et, si le cas l'exige, la Commission travaillera à le faire débouter de sa demande.

X X V I.

Si le sujet proposé pour être reçu Marchand de vin, joint aux capacités et talens requis pour faire cette profession, l'attestation d'une conduite irréprochable, la Commission s'empressera de le recevoir et de le présenter au Préfet de Police, qui recevra son serment.

Objections de la Chambre.	*Observations.*
XXIV, XXV et XXVI.	XXIV, XXV et XXVI.
Les articles 24, 25	Ces trois articles sont

et 26 règlent la forme des élections à la qualité de Marchand de vin. Il faudra que l'aspirant ait servi en qualité de garçon pendant quatre ans, chez un Marchand de vin, à Paris. La Commission prendra ensuite des informations sur les vie et mœurs du Candidat. S'il résulte de ces informations *que le postulant a un vice notable*, il en sera déféré à M. le Préfet de police, *et si le cas l'exige, la Commission travaillera à le faire débouter de sa demande ;* mais s'il convient à la Commission, elle s'empressera de le recevoir. Nous n'avons pas besoin de vous faire remarquer combien il sera aisé d'exclure les aspirans qui déplairont à la Commission, car ils auront *un vice notable*,

rédigés dans une bonne intention ; je crois même qu'ils pourraient subsister sans le moindre inconvénient, même pour le postulant, dès qu'une autorité supérieure à celle de la Commission est juge des motifs de non admission ; mais il est incontestable que la dernière phrase de l'article XXV aurait pu être plus convenablement rédigée.

C'est la copie trop servile des expressions d'un ancien règlement relatif à ce commerce.

X X V I I.

Défenses sont faites à toutes personnes sans qualités, de s'immiscer dans le Commerce des vins, sous quelque prétexte que ce soit, même sous celui d'association avec des Marchands de cette profession, sous peine de confiscation de toutes leurs marchandises, vaisseaux et ustensiles servant audit Commerce, de 500 fr. d'amende, et de tous dépens, dommages et intérêts.

Objections de la Chambre.   *Observations.*

XXVII.

Cet article pèche aussi plutôt par sa rédaction que par son intention; on veut interdire le Commerce de vins à ceux qui se disent associés d'un Marchand, mais non pas à l'associé connu, dont la raison de Commerce sera enregistrée au bureau.

X X V I I I.

Seront néanmoins exceptés des dispositions

de l'article précédent, les Marchands Traiteurs, Restaurateurs, Rôtisseurs et Pâtissiers,
lesquels pourront avoir chez eux des vins
de toutes les qualités, pour servir dans les
repas, aux personnes auxquelles ils donneront
à manger journellement dans le lieu de leur
domicile ; mais sans en pouvoir vendre ni dé-
biter d'aucune autre manière qu'à la bouteille
et au flacon, et dans les repas qui seront faits
et fournis par eux, sous les peines énoncées
ci-dessus.

Objections de la Chambre.	*Observations.*
XXVIII.	**XXVIII.**
Cette exception en fa-veur des Traiteurs, Res-taurateurs, etc., etc., est seulement relative aux dispositions de l'article 27. Le projet ne dit pas s'ils entreront dans la Jurande, quoique *vendant vin*, ou s'ils doivent faire une corporation à part. Cependant tout annonce qu'on n'a pas l'intention de les admettre dans le corps des Marchands de vin ; car	Je ne pense pas que les Traiteurs, Restaurateurs, etc., etc., puissent être en même tems *Marchands de vin*, mais ils doivent avoir la faculté de vendre des vins et liqueurs à ceux qui mangent chez eux. Les Traiteurs seraient assimilés aux Limona-diers, et formeraient une même communauté. Je croirais cette réunion sans le moindre inconvénient.

Objections de la Chambre.	*Observations.*

ils ne pourraient se sou-
mettre à l'article 23, qui
ordonne de vendre ex-
clusivement du vin.

X X I X.

Les veuves des Marchands de vin jouiront,
pendant le tems de leur viduité, du privilège
de leurs défunts maris; mais si elles se rema-
rient en secondes noces, elles perdront leur
privilège, et ne pourront s'entremettre de faire
le Commerce de vin.

Objections de la Chambre.	*Observations.*
XXIX.	**XXIX.**

Il paraît, d'après cet article, que le paiement de
la Jurande ne donnera
qu'un droit viager; ensorte
qu'un Marchand de vin
qui aura le malheur de
mourir le lendemain du
paiement qu'il aura fait à
la Commission, perdra la
Jurande et le privilège,
dont sa veuve pourra néanmoins jouir, à condition

Je crois que cet article
est conforme à l'équité et
aux convenances : d'après
l'explication donnée en
l'article 21, la Jurande
sera la propriété de la
veuve avec exercice, tant
qu'elle restera en viduité :
elle sera sans exercice si
elle se remarie; elle ven-
dra dès-lors le titre comme
on vend toute autre pro-

Objections de la Chambre.   *Observations.*

qu'elle ne se remariera priété ; et si son second pas ; et si le marchand dé- mari est apte à être reçu, funt n'était pas marié, ses il sera admis. héritiers se verront frus- trés d'un droit dont per- sonne n'a pu faire usage , d'un droit que la Commis- sion revendra le lende- main à un autre, pour la même somme.

X X X.

Toute personne tenant maison garnie, au- berge et gargotte, ne pourra, si elle donne à manger à table d'hôte, ou autrement, vendre ni servir de vin qu'à ceux qui prendront leurs repas chez elle, sans pouvoir en vendre ni dé- biter d'aucune autre manière qu'à la bouteille et au flacon, et sans qu'il lui soit permis d'avoir ni comptoir de Marchand de vin , ni attributs intérieurs ni extérieurs, sous peine de con- fiscation de tous ustensiles, et de 5oo francs d'amende.

Objections de la Chambre.   *Observations.*

XXX.   XXX.

Cet article n'est qu'une   Cet article me paraît de- répétition de l'article 28 voir être conservé.

Objections de la Chambre.   *Observations.*

qui est relatif aux Restaurateurs.

X X X I.

Toute personne tenant maison de Commission pour les vins et eaux-de-vie, sera as-
treinte à se soumettre à toutes les charges et
règlemens du Commerce des vins, sous les
peines portées à l'article ci-dessus.

Objections de la Chambre.	*Observations.*
XXXI.	XXXI.
Les Statuts ont telle-ment voulu prévenir les moyens de mélanger le vin, qu'ils sont extrême-ment rigoureux dans leur exclusion de tout Com-merce de liquides.	Cet art. doit être main-tenu. En effet, si une maison de commission se croyait en droit de vendre en détail du vin, de l'eau-de-vie, comme en ce cas elle dévierait de la nature de ses opérations, elle doit dès-lors être soumise à la surveillance de la cor-poration, comme aux rè-glemens du Commerce, et punie en cas d'infraction.
Si les Marchands de li-queurs et autres liquides forment aussi des corpo-rations ; si les Drapiers, les Merciers, les Droguis-tes, les Épiciers, les Mar-chands de cuirs, de toiles, de chapeaux ; si enfin cha-	
	Tout Marchand qui se

Objections de la Chambre.   *Observations.*

que profession s'érige à son tour en communauté, et qu'elle interdise aussi toute réunion de plusieurs branches de Commerce, il faut que ceux qui font le Commerce intermédiaire renoncent d'avance à leur profession ; car à force de distinctions, d'exclusions, et pour peu que chaque Statut ait une centaine d'articles, ce sera une science difficile pour chacun, que de savoir ce qui lui sera permis ou défendu. Rien ne peut mieux convenir aux Huissiers et aux Gens de loi que la multitude de ces règles de défenses, qui finiraient par être un monument de confusion et une pépinière de procès. Aussi nous ne serions pas étonnés qu'ils trouvassent ce projet très-bon ; car il serait pour eux une mine féconde et intarissable.

livrera à un genre de marchandises, connaîtra nécessairement les règlemens de la corporation dont il est membre.

S'il contrevient à leurs dispositions, il est dans son tort.

La Chambre de Commerce craint les procès, craint les huissiers, craint les gens de loi. Toutes ces craintes sont fondées, mais il n'est pas douteux que la réunion proposée des corporations qui ont entr'elles quelqu'affinité, préviendrait ces dissentions.

Les règlemens ne pourront-ils pas aussi indiquer des moyens de conciliation ?

XXXII.

Pour faciliter aux Marchands un prompt débit des vins par eux achetés, et dont ils se trouveraient surchargés, il leur est permis d'établir une boutique ou cave en ville, indépendamment de celle où ils feront leur domicile, à la charge par eux d'en faire préalablement la déclaration à la Commission, qui leur en délivrera acte, et de lui payer 25 francs.

XXXII.

Objections de la Chambre.

Cet article permet aux Marchands de vin d'établir une boutique, ou cave en ville, indépendamment de celle où ils feront leur domicile, le tout avec l'agrément de la Commission, et en payant 25 fr. pour cette permission, qui leur est accordée pour la plus grande facilité de leur débit.

XXXII.

Observations.

Je crois l'article trèssage, quant à la déclaration ; mais je trouve que le droit d'inscription et celui de l'expédition doivent être *modérés* ; je pense même qu'il faudrait préalablement que la déclaration fût faite à la police qui doit accorder le *permis.*

XXXIII.

Aucun Marchand de vin ne pourra étendre

son Commerce au-delà des deux maisons qui lui sont permises ; il leur est expressément défendu de faire ouverture d'un plus grand nombre pour y vendre aucuns vins en détail, sous aucun nom supposé ou emprunté, sous quelque prétexte que ce puisse être, à peine par les contrevenans d'être déchus du privilège d'avoir une cave en ville, de confiscation de leurs marchandises, et de telle amende qui pourra être ordonnée par justice.

X X X I V.

Il est libre à tout Marchand de vin qui ne fait pas le détail dans le lieu de son domicile, d'y suppléer par une Maison de détail, outre sa cave en ville.

Objections de la Chambre.	*Observations.*
XXXIII et XXXIV.	XXXIII et XXXIV.
L'article 33 restreint cette faculté à deux maisons. Nous pensons que les rédacte urs entendent ici par les mots *deux maisons,* deux boutiques.	Le mot *maison*, dans le cas présent, signifie nécessairement *boutique.*
L'article 34 permet	

XXXV.

Objections de la Chambre.   *Observations.*

aussi aux Marchands de
vin en gros, *d'avoir une
autre maison, outre sa cave
en ville.*

Il y a, à ce que nous
croyons, un vice de ré-
daction dans ces deux ar-
ticles. Il est important,
sur-tout quand il s'agit, ou
de restreindre un droit ou
d'y donner une légère ex-
tension, que la Loi s'ex-
prime sans ambiguité, et
que chacun de ceux qui
doivent y être soumis la
comprennent aisément. Il
eût donc fallu exprimer
ce qu'on entend par *mai-
son.*

X X X V.

Aucun Marchand ne pourra vendre ni dé-
biter que des vins naturels, sains et non mix-
tionnés.

X X X V I.

Nul ne pourra avoir dans ses magasins et

I

caves, ni cidre, poiré, bierre, vins gâtés ou défectueux, mélanges de liqueurs, ni autres
matières étrangères susceptibles d'être amalgamées avec le vin, notamment de l'eau pure,
en pièce ou en bouteille, ou dans d'autres
vaisseaux quelconques, sous peine de confiscation de toutes ses marchandises, de 500 fr.
d'amende, et de privation de l'exercice du
Commerce de vin, en cas de récidive.

X X X V I I.

Défenses expresses sont faites, et sous les
mêmes peines énoncées ci-dessus, à tous les
Marchands de vin de Paris et de ses faubourgs,
d'avoir aucun puits dans leurs caves et magasins, aucune ouverture ni communication avec
les caves ou puits de leurs voisins, et notamment avec ceux des Limonadiers, Vinaigriers,
et autres personnes faisant le Commerce de
cidre, poiré et autres liqueurs susceptibles
d'être mélangées avec le vin.

Objections de la Chambre.	*Observations.*
XXXV, XXXVI et XXVII.	XXXV, XXXVI et XXXVII.
L'article 35 défend	J'estime que ces trois

Objections de la Chambre.	Observations.

de vendre du vin qui ne sera pas naturel ; et l'article 36 porte que *nul ne pourra avoir dans ses magasins et caves , ni cidre , poiré , bierre , vins gâtés ou défectueux , mélanges de liqueurs , ni autres matières étrangères susceptibles d'être amalgamées avec le vin , notamment de l'eau pure, en pièces, bouteilles ou vaisseaux , sous peines de confiscation , de* 500 *fr. d'amende et de privation du droit de vendre du vin , en cas de récidive.* L'article 37 fait encore défenses , sous les mêmes peines , *d'avoir aucun puits dans les caves et magasins, aucune ouverture ni communication avec les puits ou caves des voisins , notamment des Limonadiers , Vinaigriers , et autres personnes faisant le Commerce des liquides.*

articles pourraient n'en former qu'un. Il faut que la Loi soit *claire* et *brève,* et ces trois articles sont obscurs et beaucoup trop longs.

J'observe que les Marchands de vin paraissent beaucoup craindre l'eau , et j'avoue que, comme consommateur , ce serait le mélange que je craindrais le moins , bien que contraire à la loyauté du Commerce : il n'en est pas de même du cidre, du poiré , de la bierre et vins gâtés , dont je crois le mélange bien plus nuisible à la santé , et à cet égard le Gouvernement ne pourrait que donner son assentiment aux règlemens qui rendraient toutes falsifications, mixtions, sinon impossibles , au moins plus difficiles. Les Lois anciennes étaient très-sévères sur ces contraventions à la foi

Objections de la Chambre.	Observations.
Rien n'est plus juste que d'empêcher les mélanges qui détériorent le vin; mais ces précautions seront-elles bien efficaces? Il est permis d'en douter, quand on se rappelle que, malgré toutes les précautions des anciens règlemens, on se plaignait peut-être plus autrefois qu'à présent des vins mélangés.	publique, et il me paraît utile d'en rappeller les dispositions dans les circonstances présentes, où des découvertes nouvelles en chimie (a), et qui, au premier aspect, doivent paraître extrêmement utiles, peuvent néanmoins égarer tout à la fois le propriétaire, le commerçant et le consommateur.

***

(a) La chimie moderne a imaginé divers moyens de bonifier les vins ; et dans un ouvrage intitulé *l'Art de faire le Vin*, un chimiste célèbre a proposé de suppléer l'alcool par une quantité déterminée de sucre.

Un autre a cherché, et a, dit-on, trouvé le moyen de faire perdre aux vins âpres, et connus sous le nom de *vins de pays*, une partie de leur âpreté, de leur rudesse.

Au premier apperçu, on croirait que ce sont deux bienfaits dus à la chimie; j'invite cependant l'opinion à suspendre sa reconnaissance.

Sur la première découverte, je rapporterai un fait qui m'a été affirmé par un Négociant de Paris, très-expérimenté dans le Commerce des vins.

Un propriétaire de l'Orléanais, m'a-t-il dit, a fait cette année une abondante récolte de vin : éclairé ou séduit par l'ouvrage que je viens de citer, il a acheté une quantité considérable de sucre brut, qu'il a répandu par égale portion dans tous ses tonneaux.

XXXVIII.

Les vins de tous ceux qui seront surpris en fraude, en les vendant sans titre ni qualité, se-

Les vins de ce canton sont colorés , fermes et solides : ceux de ce propriétaire ont toujours été tels. Cette année ils sont tellement *tendres* , que le Marchand qui les a dégustés , les a jugé vieux , et croit qu'ils ne pourront se conserver.

Si le sucre avait la propriété de mûrir et avancer le vin , ce serait , dans une année abondante , un inconvénient tout à la fois nuisible aux Propriétaires , aux Commerçans et aux Consommateurs qui , inavertis de cette maturité précoce , pourraient être trompés dans leur espérance ; mais cette découverte , fût-elle exempte même de ce danger possible , pourrait avoir en France des conséquences plus funestes.

La France produit en abondance des vins de toute espèce , que la nature a suffisamment pourvus de parties sucrées , et les provinces qui ont reçu de leur sol ce bienfait , sont ordinairement privées., ou au moins faiblement avantagées par des terres à blé, et les autres produits de la nature.

Ce moyen supplétif que la chimie a indiqué aux crus bâtards , nuira peut-être aux vignobles que le sol a , en quelque sorte , légitimés ; mais si ce préjudice a peu d'importance, n'est-il pas à craindre que cette découverte elle-même n'ait ensuite d'autres dangers ? Et d'abord il peut arriver que la culture des terres en éprouve quelque défaveur ; des terres à blé seront converties en vignes ; et comme cette culture exige bien plus de bras , et que rien ne peut les suppléer , les vignes , qui présentent plus de chances, détourneront les laboureurs de leurs habitudes, consommeront les engrais , et multiplieront le besoin et la destination des bois qu'exigent les échalas , les vaisseaux vinaires , les ton-

ront tirés de leurs caves et conduits à la halle,
à leurs frais et dépens, et à la diligence de la
Commission, pour être vendus en gros au public; et sur le rapport qu'en fera la Commission au Conseiller d'Etat Préfet de Police, les
contrevenans seront condamnés en l'amende
envers les hôpitaux, et aux dépens, dommages
et intérêts envers la Commission.

---

neaux et les pressoirs. Ce danger a bien quelqu'importance ;
mais un autre inconvénient beaucoup plus grave , du moins à
mes yeux , c'est le nouvel emploi d'une denrée coloniale, dont
déjà nos besoins n'avaient que trop multiplié et nécessité la
consommation.

Les vins purs de notre territoire , dont la qualité et l'abondance ne pouvaient être disputées par aucune nation, s'exportaient
et donnaient chaque année à la France un résultat immense et
favorable dans la balance du Commerce ; un jour peut-être,
graces à ce procédé nouveau , d'excellentes terres à blé deviendront des vignes qui produiront de mauvais vin , et ces vins im-
purs (si je puis m'exprimer ainsi) , bien qu'améliorés , en portant préjudice à ceux qui ont acquis , mérité et soutenu leur
juste renommée , coûteront plus à la France que ses vins les plus
estimés ne lui produiront.

Je soumets cette inquiétude à l'auteur même du procédé.

L'autre découverte , également relative aux vins, peut avoir
des inconvéniens très-graves, et il est à desirer que l'auteur ne
la propage point ; car l'ignorance ou l'inexpérience pourrait en
abuser : de là je conclus qu'en chimie , des découvertes même
utiles peuvent devenir très-funestes.

Objections de la Chambre.

XXXVIII.

L'article 38 , qui tire son origine de deux sentences de police de 1739 et 1744, porte que les vins de ceux qui seront surpris à vendre sans titre ni qualité , *seront tirés de leurs caves* , et conduits à la halle à leurs frais ; qu'ils y seront *vendus en gros au public*. Sur le rapport qui sera fait à la Commission, *les contrevenans seront condamnés à une amende envers les Hôpitaux , et aux dépens , dommages et intérêts envers la Commission.* C'est la première fois que les Statuts donnent une destination aux amendes ; mais l'article ne dit pas ce qu'on fera du produit de la vente ; si l'amende et les dommages seront pris sur ce produit , ou s'ils seront payés indépendamment de la saisie des vins ; ils ne disent point

Observations.

XXXVIII.

Cet article est conforme aux dispositions de deux sentences de police.

Pour que les vins saisis soient vendus en gros au public , il est certain qu'il faudra préalablement que la saisie soit déclarée bonne et valable.

Il est également certain que la vente de ces mêmes vins sera annoncée et affichée.

Il est indubitable enfin que cette vente ne pourra être faite qu'en présence d'un Officier public , et par son ministère.

L'article pèche par sa rédaction , et l'autorité y suppléera.

Objections de la Chambre.　　　*Observations.*

de quelle manière ces ventes publiques en gros. seront faites, si c'est sur un
jugement, ou par forme
de police. Il est vrai qu'on
pourrait croire que c'est
par forme de police, mais
encore fallait-il l'exprimer nettement; il fallait
aussi dire par qui et comment ces ventes publiques
auront lieu.

X X X I X.

Tout Marchand de vin qui, pour cause de
falsification, aura subi une peine quelconque,
à la suite d'un jugement, sera privé de la faculté d'avoir une cave en ville, tenu de fermer
celle qu'il pourrait avoir alors, et ne pourra
jamais devenir Membre de la Commission.

Si le Marchand convaincu de falsification se
trouvait être Membre de la Commission, il
en sera destitué de suite, privé également de
la faculté d'avoir une cave en ville, et tenu de
fermer celle qu'il pourrait avoir.

Objections de la Chambre.	Observations.

XXXIX.

L'article porte que tout Marchand qui aura subi une peine en vertu d'un jugement, *sera privé de la faculté d'avoir une cave en ville, tenu de fermer celle qu'il pourrait avoir.* On pourrait induire de cet article, que le délinquant sera exclus du Commerce de vins; car s'il ne peut avoir de *cave en ville,* nous ne voyons pas trop comment il pourra vendre du vin. Il faut croire qu'il s'agit ici de la cave supplémentaire mentionnée dans l'article 32 ; ce qu'il aurait fallu exprimer.

XXXIX.

Cet article me paraît devoir être plus étendu. Un marchand de vin condamné pour falsification de vin, ne pourra plus avoir de cave en ville, c'est-à-dire, une maison de détail ; mais il me semble que la peine est bien plus sévère pour le détaillant que pour le Marchand en gros, et une peine quelconque devrait être prononcée à l'égard de ce dernier, s'il falsifie; du moins c'est mon opinion.

X L.

Tout Marchand qui sera reconnu par les tribunaux avoir fait une banqueroute frauduleuse, occasionnée par sa mauvaise conduite, sera déclaré suspect au Commerce, et rejetté de l'état de Marchand de vin.

Objections de la Chambre.	Observations.
XL.	**XL.**
Il n'y a pas de banque-route frauduleuse qui ne soit le résultat *d'une mauvaise conduite* ; nous ne savons trop quel effet pourra produire cette *dénonciation* ou cette liste de *suspects* ; mais nous croyons que le banque-routier doit être puni d'une autre manière , et non par des dénonciations , dont l'effet ne serait pas aussi grand qu'on l'imagine. Il aurait mieux valu prévoir les cas de faillites ordi-naires ; elles pourraient bien être aussi un motif d'exclusion.	Cet article est évidem-ment mal rédigé : il pèche et par la pensée et par le style. Le banqueroutier frauduleux ne doit trouver de place qu'à la concier-gerie, et le failli, s'il ne se réhabilite pas , ne peut être reçu dans aucune cor-poration.

X L I.

Chaque Marchand de vin sera tenu d'avoir des mesures exactes et conformes aux éta-lons , pour la vente et débit de ses vins , sous peine de telle amende qu'il appartiendra , et de confiscation.

Lesdites mesures, ainsi que les ustensiles

nécessaires au Commerce de vin, pour le
service du comptoir et de la cave, seront toujours dans un état de propreté, sous peine de
5o fr. d'amende.

Objections de la Chambre.   *Observations.*

XLI.

L'article XLI ordonne
aux Marchands de vin
d'avoir des mesures exac-
tes, et de tenir leurs comp-
toirs et caves dans un état
de propreté, sous peine de
5o fr. d'amende. Cet article est extrait d'une sentence de police de 1731 ;
il ne paraît pas que les anciens Statuts en fassent
mention, car ces précau-
tions sont du ressort de la
police.

XLI.

Cet article doit être
maintenu : la police doit
surveiller l'exécution de
ce que la Loi a prescrit,
mais rien ne doit empê-
cher la surveillance de la
corporation elle-même.
Cette surveillance est une
garantie de plus ; et comme elle tient à l'amour-
propre du corps, je crois
à son extrême utilité.

X L I I.

Aucun aspirant à la Maîtrise de Marchand
de vin, ne pourra être reçu Maître qu'il n'ait
atteint l'âge de vingt-cinq ans accomplis, ex-
cepté néanmoins ceux qui ont servi à Paris
chez l'un des Marchands actuellement en exer-

cice, pendant l'espace de quatre années consécutives, en qualité de garçon de boutique ; qui pourront l'être à vingt ans, en justifiant de leur livret, et en se faisant enregistrer au bureau de la Commission.

Les fils de Marchands de vin qui auront servi en qualité de garçon, chez leurs pères et mères, ou chez d'autres Marchands, pourront l'être également à vingt ans.

Objections de la Chambre.	*Observations.*
XLII.	XLII.
L'article XLII porte qu'on ne pourra être reçu maître qu'à l'âge de 25 ans; les garçons qui auront servi à Paris pendant 4 années, et les fils de maîtres qui auront servi chez leur père, pourront cependant être reçus à 20 ans.	Cet article me paraît devoir subsister. Les anciens Statuts et règlemens le voulaient ainsi; mais je pense que cet avantage pour les fils de maîtres pourrait ne leur être accordé qu'à 21 ans, époque de leur majorité.

X L I I I.

Les Garçons qui viendront à se faire recevoir Marchands de vin, ne pourront s'établir à la proximité des boutiques où ils auront été occupés en qualité de Garçons, qu'après l'espace de trois ans, encore faudra-t-il qu'ils conservent un éloignement au moins de 300 toises de distance en tous sens, à partir desdites boutiques ou caves en ville, en suivant la direction des rues où elles seront établies, et des rues adjacentes.

Ils ne pourront également prendre, en aucun tems, l'enseigne des Marchands chez lesquels ils auront servi.

XLIII.

Objections de la Chambre.

Avec des précautions aussi sévères contre les Garçons qui voudront s'établir, il faut avouer que les *Maîtres* ne craindront pas leur concurrence, mais il faut avouer aussi que les établissemens seront rares. Nous vous avons parlé de coalition des Maîtres contre les Ouvriers : elle ne peut pas être plus manifeste que ne le porte cet article. Il semble que les Marchands de vin veulent se réserver le droit exclusif de four-

XLIII.

Observations.

En réduisant le terme de trois années à une, la distance de 300 toises à 100, je ne verrais nul inconvénient à adopter cet article. L'esprit peut y trouver matière à plaisanter ; mais la raison, plus froide, ne trouvera dans cet article qu'une chose convenable, et je pense qu'avec l'amendement que je propose, il peut être maintenu.

Objections de la Chambre.   *Observations.*

nir aux consommateurs,
et que ceux-ci soient, à
leur égard, une sorte de
patrimoine dont on ne
peut leur ôter la jouïs-
sance.

Il ne manquerait plus
à cet article qu'une disposition portant que ceux
qui avoisinent le Mar-
chand de vin, ne pour-
ront acheter ailleurs que
chez lui, sous peine d'a-
mende ; et si cette disposition ne se trouve pas positivement dans l'article,
elle s'y trouve implicite-
ment.

X L I V.

Aucun garçon ne pourra quitter le Marchand chez lequel il sera employé, qu'après
l'en avoir averti quinze jours avant sa sortie,
duquel avertissement le Marchand sera tenu
de faire mention sur son livret, de certifier
qu'il a fait la quinzaine prescrite par le règlement, et de déclarer sincèrement s'il a été satisfait de la conduite dudit Garçon.

X L V.

Lorsqu'un Garçon sortira de chez un Marchand de vin, il sera tenu de s'en éloigner, et ne pourra entrer pendant une année entière dans aucune des boutiques voisines de celle qu'il aura quittée, de manière qu'il y ait au moins vingt-cinq boutiques du même Commerce entre la maison qu'il aura quittée, et celle dans laquelle il se proposera d'entrer.

XLIV et XLV.	XLIV.
Objections de la Chambre.	*Observations.*

Voilà des précautions bien exclusives, et sans doute bien utiles aux Maitres ; mais nous ne savons trop comment on pourrait en démontrer la justice, comment on pourrait condamner un Garçon qui ne quittera un Maitre que par suite de mauvais procédés, et souvent de mauvais traitemens, à subir la peine de ne pouvoir se placer, et à être ainsi la victime de cet esprit in-

Cet article 44 est très-sage et doit avoir son exécution.

XLV.

Cette loi de discipline me paraîtrait équitable, si l'on réduisait à dix boutiques le nombre de vingt-cinq, et à six mois le délai de l'année ; et elle doit s'appliquer également au Garçon congédié comme à celui qui se retire.

Objections de la Chambre. *Observations.*

quiet et exclusif d'un Maître fâcheux qui voudrait
l'asservir à ses intérêts.

Si le Maître congédie
le Garçon, sera-t-il aussi
condamné à la distance
des vingt-cinq boutiques?
C'est ce que le règlement
ne dit pas.

X L V I.

Tout Garçon qui sortira de chez un Marchand pour cause de *deficit* sur la marchandise qui lui aura été confiée pour en faire la
vente, ne pourra être placé, ni entrer chez un
autre Marchand, jusqu'à ce qu'il ait rempli le
deficit dû à son Marchand. Dans le cas d'une
seconde infidélité chez un autre Marchand,
il sera rejetté du Commerce de vin.

X L V I I.

Quand un Garçon sera convaincu d'avoir
altéré ou falsifié les vins qui lui auront été confiés à la vente, il sera déclaré suspect au Commerce, rejetté de l'état de Marchand de vin,
et

et dénoncé au Conseiller d'état Préfet de Police, qui décernera, à son égard, telle peine qu'il avisera.

Objections de la Chambre.	*Observations.*
XLVI et XLVII.	**XLVI et XLVII.**
L'article 47 porte qu'un garçon, convaincu d'avoir altéré ou falsifié des vins qui lui auront été confiés à la vente, sera *déclaré suspect au commerce, rejetté de l'état.*	Ces deux articles doivent être autrement rédigés; je pense même qu'on pourrait les réunir et n'en former qu'un seul et même article.
Nous avons de la peine à concevoir ce qu'on entend par ces mots *déclaré suspect au commerce,* et ce qu'on espère de cette dénonciation. Comme cette disposition, ou plutôt cette menace a déjà été employée, il paraît qu'on compte beaucoup sur son effet.	Une rédaction vicieuse ne doit pas être regardée comme une disposition mauvaise.

XLVIII.

Pour obvier aux cabales que les Garçons

K

pourraient faire pour quitter en même tems la boutique dans laquelle ils seraient employés, les Marchands ne seront tenus qu'à accepter le congé de l'un d'eux par chaque quinzaine, sauf par les autres Garçons à faire accepter les leurs dans les quinzaines suivantes.

X L I X.

Dans le cas où un Marchand refuserait mention sur le livret du Garçon de l'avertissement qui lui aura été fait de lui délivrer un certificat de Congé, comme aussi dans le cas où le Garçon prétendrait que la déclaration portée audit certificat ne contient pas vérité, ce Garçon pourra se retirer par-devers la Commission, qui fera en sorte de les concilier, sinon il se retirera par-devers le Juge de Paix du quartier.

Objections de la Chambre.	*Observations.*
LXVIII et LXIX.	XLVIII.
L'article 48 prévoit les cas de coalition de la part des garçons; il porte que tous les garçons d'un	Ne pas être servi du tout serait aussi un grand inconvénient. La nécessité du service suppose, en–

Objections de la Chambre.   *Observations.*

même maître ne pourront le quitter à la fois ; on pourra forcer, dans ces cas, les garçons à rester ; mais nous croyons que cette résidence obligée sera plus fatale au maître, qu'elle ne pourra lui être utile : ceux qui servent par force sont toujours de mauvais serviteurs. Cette précaution nous semble donc bien inutile.

traîne celle d'un bon service, et le livret du garçon qui se comporterait mal, porterait une note qui rendrait son replacement impossible, ou au moins très-difficile.

LXIX.

L'art. 49 est dans l'ordre de la justice distributive.

L.

Lorsqu'un Marchand de vin aura cédé sa boutique ou cave en ville à l'un de ses confrères, il ne pourra s'établir ni reprendre son commerce qu'après six ans révolus, et à la distance au moins de 500 toises de la boutique ou cave qu'il aura cédée.

Objections de la Chambre.   *Observations.*

L.   L.

L'art. 50 porte que lors-   La bonne foi demande,

Objections de la Chambre.	*Observations.*
qu'un Marchand aura cédé sa boutiuqe ou sa *cave en ville*, il ne pourra s'établir de nouveau qu'après six ans révolus, et à 500 toises de la boutique vendue.	exige le maintien de cet article.

L I.

A l'avenir il ne sera plus permis à aucun Marchand de vin d'ouvrir de boutique ou maison de commerce à côté d'un autre Marchand; il ne le pourra faire qu'à une distance de 20 boutiques ou portes cochères sur tous sens à partir des boutiques ou caves en ville vendant vin, et en suivant la direction des rues.

Objections de la Chambre.	*Observations.*
LI.	LI.
Suivant l'art. 51, il ne sera plus permis à l'avenir d'ouvrir une boutique à côté d'une boutique ouverte; on ne pourra le faire qu'à une distance de vingt portes cochères, en	Il y aurait de la mauvaise humeur à se plaindre de ce qu'il n'y a pas encore assez de Marchands de vin à Paris : en bornant *à ce qui est*, le nombre des boutiques, c'est faire peu

Objections de la Chambre.	Observations.
tous sens, de la boutique la plus voisine. Il y a des quartiers où les portes cochères sont rares, et où les boutiques ne sont pas très-rapprochées; c'est cependant dans ces quartiers-là où il y a le plus de ceux qui achètent du vin en détail.	de tort aux nouveaux Marchands; mais on aurait pu permettre cette ouverture dans une rue nouvelle.
Il s'en faut de quelque chose que cet art. ait la clarté qui conviendrait à une précaution de cette nature. Nous ne savons pas trop de quelle manière on peut interpréter ces mots : *boutiques* ou *caves en ville vendant vin*.	On a entendu par *cave en ville vendant vin*, celle où l'on donne à boire, à la différence des autres caves en ville qu'un Marchand peut avoir pour y placer simplement ses vins.

L I I.

Défenses sont faites à tout Marchand de vin de prêter son nom à aucun de ses confrères, pour avoir une cave en ville de plus que celle qui lui est permise par les présens Statuts et Règlemens, sous peines de confiscation des marchandises, et d'être déchu de la faculté d'avoir une cave en ville.

L I I I.

Toute personne sans qualité qui séra trou-
vée vendant du vin sous le nom d'un Marchand, pour se soustraire au paiement de la
Jurande, sera condamnée à 500 fr. d'amende,
et le Marchand qui aura prêté son nom sera
déchu du droit de Marchand de vin.

Objections de la Chambre.	*Observations.*
LII et LIII.	LII et LIII.
L'article 52 défend à tout Marchand de prêter son nom à aucun de ses confrères pour la faveur de la *cave en ville*; l'article 53 détermine la peine contre ceux qui vendront du vin sous un nom sup-posé.	Ces deux articles sont sans inconvéniens; je dis plus, ils sont la juste con-séquence de la loi.

L I V.

Il est enjoint à tous les Marchands de vin,
lorsqu'ils feront ouverture et fermeture de
boutiques, caves en ville, magasins et changemens de domicile, d'en faire préalablement

leur déclaration à la Commission, sous peine de 100 fr. d'amende ; laquelle leur donnera acte desdites déclarations au moyen de 1 fr. 50 c.

Objections de la Chambre.	*Observations.*
LIV.	**LIV.**
L'article 54 règle la forme à suivre lorsqu'un Marchand de vin changera de boutique.	L'article 32 et l'article 54 devaient ne former qu'un seul et même article, en y ajoutant une simple phrase.

L V.

Tout Marchand de vin sera responsable des contraventions commises, soit sur les mesures, soit sur les marchandises, par ses Garçons chargés de la direction de sa cave en ville ; en conséquence, le Garçon qui sera repris en contravention, sera condamné à telle amende qu'il plaira à Justice d'ordonner, sous la responsabilité de son Marchand.

LV.	**LV.**
	Cet article est très-sage.

L V I.

Défenses sont faites à tout Marchand de vin, Marchand forain et tous autres faisant le commerce de vin sur les ports, halles et étapes, d'aller au-devant des vins destinés à l'approvisionnement de Paris, de les acheter en route, soit sur les ports, soit dans les bateaux et dans les étapes, pour les revendre au regrat, sous peine de confiscation, de 3000 fr. d'amende, et d'être déchu du droit d'exercer la profession de Marchand de vin en cas de récidive.

Objections de la Chambre.	*Observations.*
LVI.	LVI.
Les articles 56 à 68 ont principalement pour but d'empêcher le *regrat* qui se fait dans le commerce des vins.	Cet article est conforme aux lois d'une bonne Police. Le monopole qui résulterait de la faculté accordée aux Commerçans, aux Consommateurs même d'aller au-devant de ceux qui assurent les approvisionnemens des villes, et d'une ville telle que Paris, pourrait tout à
On entend ici par *regrat* les ventes et achats intermédiaires entre le cultivateur ou l'expéditeur et les Marchands en détail.	
L'article 56 défend à	la fois en compromettre

Objections de la Chambre.	Observations.
tout Marchand de vin et autres d'aller au-devant des vins destinés à l'approvisionnement de Paris.	les subsistances, ou en faire élever les prix selon le caprice ou la cupidité des monopoleurs.

Le mot *regrat* paraît une expression consacrée par l'usage.

L V I I.

Aucun Marchand ne pourra amener des vins à la vente, sur les ports et halles de Paris, sans être muni d'une lettre de voiture, dont les déclarations auront été passées doubles par-devant Notaire, ou toutes autres personnes publiques, et non sous signatures privées, être remplie d'une même main, contenir le lieu où le vin a été chargé, le nom, la demeure et qualité du propriétaire, les marques, quantité et destination des vins, ainsi que l'adresse des personnes pour lesquelles ils seront destinés; et afin d'empêcher entièrement l'incertitude de destination, il est ordonné que lesdites lettres de voiture et déclarations contiendront séparément et distinctement le nom et la demeure de chacun de ceux auxquels les boissons seront destinées, sans qu'il soit permis d'y insérer, pour en tenir lieu, le mot de *compagnie.*

Objections de la Chambre.	*Observations.*
### LVII.	### LVII.
Suivant l'art. 57, pour amener des vins à Paris à la vente, *il faudra une lettre de voiture*, etc. etc. (Voir l'art.)	Cet article doit être également maintenu. Il est en effet utile au Propriétaire dans le vignoble, en ce qu'il assure sa livraison;
Ces dispositions sont puisées dans les Arrêts du Conseil de 1684 et 1750, les Arrêts et Lettres-Patentes de 1688 et 1711, et deux Arrêts de la Cour des Aides de 1700 et 1716. Nous n'avons pas ces Arrêts sous les yeux pour en examiner les motifs; mais sans nous livrer à ces pénibles recherches, il nous semble que les dispositions de ces articles sont tellement compliquées et dispendieuses, que leur exécution n'est guère possible. Le commerce des vins a pris des accroissemens qui rendent l'auto-	utile aux voituriers par terre ou par eau, en ce qu'il justifie la fidélité de leurs chargemens; utile aux commerçans ou consommateurs, en ce qu'il leur garantit la remise exacte des vins qui leur sont destinés.
	La jurisprudence des arrêts est l'ouvrage du tems, et je m'étonne que la Chambre de Commerce dédaigne ce secours, et même cette recherche, quand il s'agit d'appliquer le droit aux faits.

Objections de la Chambre.   *Observations.*

rité des Arrêts assez douteuse dans les circons-
tances où nous sommes, et
nous ne croyons pas qu'ils
puissent justifier de pa-
reilles précautions.

LVIII.

Pour remédier au regrat qui se fait journellement, en route, ainsi que sur les ports et
halles de Paris; à l'avenir le Marchand ou
propriétaire de tous vins destinés pour l'un
des ports de Paris, sera obligé, avant le déchargement, de faire viser les lettres de voi-
tures au bureau des Marchands de vin, ainsi
que dans les autres bureaux préposés à cet
effet, à peine de 1000 fr. d'amende.

Objections de la Chambre.   *Observations.*

LVIII.   LVIII.

L'article 58 oblige *les*   Je crois que cet article
Marchands ou proprié-   doit être supprimé; il con-
taires de tous vins destinés   vertirait en effet la Com-
pour l'un des ports de Pa-   mission des Marchands de
ris, à faire viser avant le   vin en une espèce de Tri-
déchargement, les lettres   bunal, et ce n'est ni le but

Objections de la Chambre.	Observations.
de voiture au bureau des Marchands de vin, sous peine de 1000 fr. d'amende.	ni l'intérêt de cette Corporation.
	Les Gardes des ports ont ou doivent avoir un Bureau où ces déclarations se reçoivent; et si la Commission ou le Commerce ont des renseignemens à prendre, c'est à ce Bureau qu'ils doivent s'adresser.

L I X.

Il est défendu à tout voiturier, par eau et par terre, de se charger de la conduite d'aucuns vins ni autres boissons, qu'il ne soit muni de lettres de voiture en bonne forme, sous peine, par le voiturier par terre, de confiscation de ses chevaux et voiture; et par le voiturier par eau, de 2000 fr. d'amende.

Objections de la Chambre.	Observations.
LIX.	LIX.
L'article 59 condamne les voituriers qui ne seront pas munis de lettres de voiture en bonne forme,	Cet article est juste. J'observerai cependant qu'un voiturier par terre ou par eau pourrait être

Objections de la Chambre.	*Observations.*
à la saisie de leurs che-vaux, charettes ou ba-teaux, et à 1000 fr. d'a-mende.	propriétaire, et consé-quemment aurait le droit d'amener ses vins. Dans ce cas il doit être assimilé aux propriétaires, et jouir des mêmes avantages; mais sa lettre de voiture n'est pas moins exigible; seulement elle dira que les vins qu'il conduit sont sa propriété, comme ayant été *récoltés* par lui.

L X.

Tout voiturier par terre et par eau est tenu de faire viser les lettres de voiture et déclara-tions dont il sera porteur, dans les bureaux préposés pour en connaître.

L X I.

Tout Marchand forain et propriétaire de vins, ne pourra conduire ou faire conduire des vins sur les ports et halles de Paris, pour y être vendus, qu'autant qu'ils seront accom-pagnés de lettres de voiture notariées, contenant les clauses et conditions énoncées aux articles précédens.

Objections de la Chambre.   *Observations.*

LX et LXI.

Ces deux articles me paraissent sans inconvéniens.

LXII.

Tous les vins destinés pour la commune de Paris, et amenés par les Forains ou Propriétaires, resteront au port de la vente, pour y être vendus en gros au public, sans que lesdits Forains ou Propriétaires puissent, sous aucun prétexte que ce soit, emmagasiner ni encaver dans Paris.

LXIII.

Tout Marchand Forain ou Propriétaire ne pourra vendre ses vins sur les ports et halles de Paris, que par l'entremise de l'un des Commissionnaires agréés par la Commission.

LXIV.

Dans le cas où le Forain vendrait par lui-même la totalité ou une partie de ses vins à un Marchand ou à une compagnie , avant le débarquement, il sera tenu de se servir d'un Commissionnaire pour en faire la livraison; mais , dans ce cas, il ne devra que demi-commission, et les vins ne pourront séjourner plus de cinq jours sur les ports.

L X V.

Pour que l'exécution des trois articles ci-dessus ne soit point illusoire, l'Inspecteur de la navigation ne délivrera aucun permis de décharge, et la Régie de l'octroi ne recevra aucune soumission qu'en présence du Commissionnaire pour les bateaux ou parties de vins appartenant à des Propriétaires ou Forains.

L X V I.

Tout marinier ou voiturier qui amenera des vins à la vente pour son compte personnel, sera assujetti aux mêmes charges et règlemens que les Marchands Forains.

L X V I I.

Tout Marchand Forain ou Propriétaire qui

sera reconnu résider habituellement à Paris, l'espace de trois, six ou neuf mois de l'année, soit dans ses meubles, soit en garni ou chez ses amis, sera considéré comme citoyen de Paris, et astreint de se soumettre à toutes les charges et règlemens du Commerce de vin.

L X V I I I.

Il est défendu aux Marchands de vin de toute classe d'acheter des vins sur les ports, halles et étapes de Paris, pour les revendre en-suite à la même place, sous peine de confisca-tion desdits vins, dont moitié au profit des hôpitaux, et l'autre moitié au profit de la Commission.

Objections de la Chambre.	*Observations.*
LXII, LXIII, LXIV, LXV, LXVI, LXVII et LXVIII.	LXII.

Avant d'aller plus loin, nous ne pouvons nous em-pêcher de vous témoigner notre étonnement. Il faut que le *regrat* cause dés maux incroyables, si c'est

Cet article ne me paraît ni équitable, ni conforme aux droits de la propriété. Il doit être permis à un propriétaire d'emmagasi-ner ou encaver ses vins

à

Objections de la Chambre.   **Observations.**

là le remède qui doit le détruire. Un propriétaire qui amène à Paris les vins de sa récolte, n'aura donc pas le droit d'en disposer? Il faudra qu'ils soient vendus sur les ports ou halles dans les cinq jours de sa déclaration. *Les vins ne pourront séjourner plus de cinq jours sur les ports :* tel est le texte de l'article 64. Est-ce là ce que vous appelez le *regrat ?* Et vos Commissaires, qui auront reçu de vous le droit de s'entremettre dans mes affaires, quand je puis me passer d'eux , seront sans doute les *regrattiers* de votre choix, auxquels je serai obligé de me livrer.

dans Paris ; mais il ne doit mettre ni écriteau ni enseigne ; on pourrait cependant l'assujettir à une déclaration , avant d'emmagasiner ou encaver.

LXIII, LXIV et LXV.

Il devrait être permis à tout propriétaire muni de congés et d'une attestation du Maire de sa municipalité où sont situées

L

Objections de la Chambre. *Observations.*

Les articles 65 à 68 sont tous dans cet esprit ; sans doute que leur adoption détruirait ce qu'on appelle le *regrat* ; mais avec vos lettres de voiture nota-riées, avec vos précau-tions contre les proprié-taires cultivateurs ou ex-péditeurs, vous détruirez aussi tous moyens d'ap-provisionnement, sans autre motif qu'une in-quiétude intéressée con-tre vos regrattiers, et peut-être aussi pour que le consommateur ne puisse s'approvisionner directe-ment, pour l'obliger à vous constituer les seuls regrattiers autorisés, en achetant de votre seconde main les vins qu'il achète chez le cultivateur.

ses vignes, de vendre di-rectement ses vins sur les ports et halles de Paris, et sans l'entremise d'un Commissionnaire.

Cette faculté est la con-séquence naturelle de son droit de propriétaire.

LXVI.

On veut que les vins expédiés par les proprié-

Cet article est juste.

Objections de la Chambre. *Observations.*

LXVII.

taires soient vendus en gros au public ; ils ne peuvent rester plus de cinq jours sur les ports ; mais cela est physiquement impossible ! Cependant les propriétaires-expéditeurs *ne peuvent les emmagasiner ni les encaver, sous quelque prétexte que ce puisse être.* Que faudra-t-il donc qu'ils fassent de leurs vins ? Les jetteront-ils dans la rivière ?.... Non, il y aura douze Commissionnaires privilégiés, nommés par la Commission, qui auront la complaisance de s'en charger, moyennant un droit de commission, des frais de magasinage, et autres accessoires très-profitables à leurs intérêts. Il semble véritablement que c'est pour le bien des commissionnaires que ces articles sont faits, que c'est pour leur assurer un commerce

Il n'y a aucune similitude entre un Marchand forain et un Propriétaire, qui, l'un et l'autre, résideraient à Paris 3, 6 ou 9 mois de l'année.

Le Marchand *forain* n'est domicilié que dans le lieu où il acquitte ses contributions de domicilié ; il doit être assujetti, comme forain, aux règlemens de police qui concernent les Marchands forains ; tandis que le Propriétaire de vins qui réside à Paris, ne doit être assujetti aux charges et règlemens du commerce des vins, qu'autant qu'il en fait le commerce. Le placement des vins qu'il a réellement récoltés, ne peut, en aucun cas, le faire considérer comme marchand.

L 2

Objections de la Chambre.	Observations.

exclusif et des bénéfices
certains ; c'est – à – dire,
qu'on veut détruire les
licences du *regrat*, pour
en donner le privilège à
des *regrattiers* patentés
par la Commission.

LXVIII.

Cet article me paraît de
toute justice.

L X I X.

Attendu la diversité et la variation des jauges dans les divers pays de vignobles, l'obligation imposée à chaque Citoyen de ne plus se servir que de nouvelles mesures; qu'il est urgent de mettre fin aux spéculations honteuses et illicites, et que ce n'est que sur la réalité de la jauge qu'est fondée la confiance du Commerce, il est expressément défendu à tout Cultivateur de vignobles, Commissionnaires et Marchands de toutes les classes, de vendre ni acheter à l'avenir qu'aux nouvelles mesures. Chaque pays vignoble sera, en conséquence, tenu de faire construire les vaisseaux ou pièces destinés à recevoir des vins et eaux-de-vie, dans les proportions suivantes :

S A V O I R :

La jauge	Orléans............	240 litres.
	Blaisois.	240
	Touraine.	260
	Chatelleraut.......	260
	Chinon.............	250
	Anjou.	240
	Nantes............	240
	La Basse-Bourgogne	300
	Pouilly.	240
	Sancerrois.........	240
	Bourbonnais , dit la Chaise...........	240
	Creusiers et Bourbonnais...........	230
	Roanne, dit Arnaison	230
	Mâconnais.........	230
	Châlonnais	240
	Beaune	240
	Riceis.............	240
	Champagne........	230
	Auvergne	300
	Mantes , Andresy, Trielle...........	300
	Bordeaux	230
	Gatinais...........	240
	Environs de Paris...	240

Les pièces de Languedoc et de Roussillon
étant toutes inégales, leur continence sera
marquée au feu.

LXX.

Pour l'exécution de l'article ci-dessus, il est
expressément ordonné aux Tonneliers de chaque pays vignoble; ainsi qu'aux Propriétaires
récoltans des vins, de ne construire ni faire
construire les vaisseaux, jauges ou pièces destinés à recevoir des vins, que d'après les
proportions qui viennent d'être énoncées ci-
dessus pour chaque pays, et d'y appliquer au
feu, sur chaque pièce, le nom du vignoble et
sa continence, sous peine de 500 fr. d'amende.

Objections de la Chambre.	*Observations.*
LXIX et LXX.	LXIX et LXX.

Les articles 69 et 70 rè-glent les proportions de jaugeage pour chaque pays de vignobles; ils ordon-nent à tous cultivateurs de se conformer aux lois sur l'uniformité des mesures, et ils déterminent leurs capacités d'une manière inégale.	Ces deux articles sont rédigés dans une bonne intention, mais l'autorité *seule* peut prescrire cette détermination, qui pour-rait d'ailleurs être en op-position avec le système des mesures nouvelles de capacité; ce que je ne veux ni ne dois préjuger.

Objections de la Chambre.   *Observations.*

Outre que ces disposi-
tions ne peuvent apparte-
nir aux Statuts particu-
liers des Marchands de
vin de Paris, puisqu'ils
ne sont exécutoires que
dans Paris et ses banlieues,
il nous semble que la nouvelle division ordonnée
par ces deux articles n'est
point d'accord avec le systême d'uniformité des
poids et mesures.

LXXI.

Les factures, marchés et lettres de voiture,
donneront le détail exact de la quantité des
pièces, ainsi que de leur continence, sous
peine de nullité et même d'amende.

LXXII.

Toutes factures, marchés ou lettres de voiture qui ne seront pas conformes aux dispositions de l'article précédent, ne pourront avoir
aucune valeur en justice.

LXXIII.

Tout vendeur sera tenu, lorsqu'il fera des livraisons, de produire les mêmes jauges, ainsi que les mêmes qualités de vin et autres boissons par lui désignés en sa facture. Dans le cas de répétition pour cause de changement de jauge ou de qualité de vin, il sera fait vérification, et de potage à la réquisition de l'acquéreur, et les frais seront supportés par la partie qui aura tort.

Objections de la Chambre.	*Observations.*
LXXI et LXXII.	LXXI, LXXII, LXXIII.
Lesdits articles règlent la forme des factures et marchés.	Il faudrait distinguer les erreurs causées par l'ignorance, de celles que l'on pourrait imputer à la mauvaise foi.
LXXIII.	
Ledit article règle la forme des livraisons.	

LXXIV.

Les jaugeurs de Paris, ainsi que ceux des

départemens, ne pourront, en aucune circons-
tance, se servir d'autres jauges que celles nouvelles et voulues par les lois, à peine de 100 fr.
d'amende.

Objections de la Chambre.	*Observations.*
LXXIV.	LXXIV.
Cet article est relatif aux jaugeurs.	Cet article est conforme à la loi.

L X X V.

Défenses sont faites à tout Marchand, de
quelque classe que ce soit, d'exposer en vente
sur les ports, halles, et dans quelques lieux
que ce puisse être, des vins mélangés de quelques corps étrangers, à peine de confiscation
de leurs marchandises, et de 1000 fr. d'amende.

Objections de la Chambre.	*Observations.*
	LXXV.
	Cet article est de toute justice.

L X X V I.

Lorsqu'il arrivera des vins par eau qui se seront gâtés en route, soit par leur faible qualité, soit par la température des tems, le Propriétaire sera tenu d'en prévenir la Commission avant le déchargement, pour qu'elle puisse en constater la quantité de pièces, ainsi que leur qualité.

Les vins qui seront reconnus gâtés seront conduits aux bureaux de la Commission pour y rester, se reposer pendant dix jours ; après quoi ils seront convertis en vinaigre, aux frais et dépens du Propriétaire.

L X X V I I.

La quantité de vinaigre à fournir par la Commission aux Marchands et Propriétaires, pour chaque pièce de vin gâté, ne pourra jamais excéder soixante pintes, et ne pourra jamais être moindre de trente pintes.

L X X V I I I.

Les Marchands ou propriétaires qui auraient des vins gâtés, et qui, à leur arrivée, manqueront à faire à la Commission la déclaration prescrite par l'art. précédent, encourront la confiscation de leurs marchandises, dont moi-

tié sera au profit des hôpitaux, et l'autre moitié au profit de la Commission.

Objections de la Chambre.　　*Observations.*

LXXVI, LXXVII et　　　LXXVI.
　　LXXVIII.

Les articles 76 à 78 sta-　　Cette disposition est
tuent que les vins gâtés　bonne pour les vins qui
seront conduits dans les　arrivent par eau ; mais
bureaux de la Commis-　s'ils arrivent par terre,
sion, pour être convertis　quelle conduite devra te-
par elle en vinaigres, aux　nir le voiturier ?
frais des Propriétaires.　　Ne serait-il pas con-
Ces vinaigres seront re-　venable que la Commis-
mis aux Propriétaires, à　sion eût un bureau près
raison de soixante pintes　des ports, et un bureau
au plus, et trente pintes　central pour les vins ar-
au moins, pour chaque　rivans par terre ?
pièce de vin gâté.

　　　　　　　　　　　　LXXVII.

Avec une marge de　　Il me semble qu'il se-
trente à soixante pintes　rait plus juste de faire ap-
par pièce de vin, on pour-　précier le vin ou le vi-
rait aisément abuser de　naigre par deux dégusta-
cette faculté exclusive de　teurs, et d'en payer le
la conversion du vin gâté　prix au Propriétaire.
en vinaigre, sur-tout si
les agens que la Commis-
sion emploiera, sont peu
scrupuleux.

Objections de la Chambre.   *Observations.*

LXXVIII.

Cet article est bien sé-
vère. Si ces Marchands ou
Propriétaires consentent
à payer le droit d'octroi,
ne sont-ils pas déjà assez
punis ?

L X X X I X.

Tout Marchand de Paris qui sera reconnu
s'entendre ou prêter son nom à un Marchand
forain ou Propriétaire, pour le faciliter dans
la vente du regrat sur les ports et halles, ou
pour emmagasiner dans l'intérieur de Paris,
sera condamné à 2000 fr. d'amende.

Objections de la Chambre.   *Observations.*

LXXIX.

Cet article ne peut sub-
sister : c'est une répétition
implicite des articles 65,
66, 67 et 68.

L X X X.

Les Commissionnaires pour la vente des

vins sur les ports et halles de Paris, seront au nombre de douze; et afin que les personnes sans aucune expérience dans les vins, et qui ont si souvent abusé de la confiance de ceux qui les employaient, et même emporté les fonds qui leur avaient été confiés, ne puissent être admises à remplir ces places, nul ne pourra être Commissionnaire pour le Commerce des vins, sur les ports et halles de Paris, et autres lieux, qu'il n'ait été reçu et nommé par la Commission.

L X X X I.

Nul ne pourra être reçu Commissionnaire pour le Commerce des vins, qu'autant qu'il justifiera d'une conduite irréprochable, et des talens nécessaires pour bien remplir cet emploi.

L X X X I I.

Les Commissionnaires ne pourront faire Commerce de vin, ni pour leur compte personnel, ni pour compte en société avec qui que ce soit.

L X X X I I I.

Chaque Commissionnaire sera tenu de fourmir un cautionnement en immeubles de trente mille francs net, et purgé de toute hypothèque, lequel cautionnement est pour tenir lieu de garantie des marchandises qui lui sont confiées.

LXXXIV.

Il est ordonné à tout Commissionnaire d'avoir des registres, tant pour y inscrire les entrées et sorties des marchandises qui lui seront confiées pour en opérer la vente, que pour en constater le produit qu'il en retirera, et les remises qu'il en fera au Propriétaire, ainsi que les frais.

Ces registres seront cotés et paraphés par la Commission; celui destiné pour servir de journal doit, de rigueur, être timbré suivant la loi; que les articles y soient passés au long et détaillés; que l'on y fasse mention des nom et demeure des Acquéreurs et Propriétaires, de leurs qualités, du prix et des différentes classes de vins vendus.

LXXXV.

Chaque Commissionnaire sera tenu d'apposer sa marque sur toutes les pièces de vin et autres marchandises qui lui auront été confiées pour en opérer la vente, au moment même de la réception. . . . .

L X X X V I.

Chaque Commissionnaire restera garant, envers le propriétaire, des marchandises qui lui auront été confiées, du produit de toutes les ventes, qu'il fixera à terme, s'il n'a l'autorisation par écrit du Propriétaire, au moyen de quoi il lui sera dû une commission du croire, et pourra être poursuivi pour le paiement, sans que le Propriétaire soit tenu à aucune diligence contre l'acheteur.

L X X X V I I.

Les droits de commission simple et Gourmet réunis, à percevoir par le Commissaire pour la vente des marchandises, seront réglés ainsi qu'il suit :

S a v o i r :

Pour toute jauge, appelée pièce ou demi-queue. . . . . 2 fr.   » c.

Pour le muid de basse Bour-
gogne .... 2 fr. 5 c.

 Pour la pièce de 45 à 50 décalitres 1   10

Pour toute espèce de pipe de
60 décalitres et au-dessus 3

Objections de la Chambre.	Observations.
LXXX , jusques et compris LXXXVII.	LXXX et LXXXI.

Les articles 80 à 87 sont relatifs aux Commissionnaires , qui auront le droit exclusif de s'entremettre dans les achats et ventes de vins.

Il est juste que les Commissionnaires soient munis des attestations des Syndics et Jurés du corps des Marchands de vin ; mais leur nomination ne peut appartenir qu'au Souverain.

LXXXII.

Cette condition est indispensable.

LXXXIII.

Il est indubitable que le Gouvernement exigera des Commissionnaires un cautionnement ; mais c'est à l'autorité à en fixer le *quantum* et le mode.

LXXXIV.

Objections de la Chambre.   *Observations.*

LXXXIV.

L'ordre le veut.

LXXXV.

Cela est convenable.

LXXXVI.

Rien de plus juste.

LXXXVII.

Le Gouvernement réglera ces droits.

L X X X V I I I.

Les Gourmets seront au nombre de quarante, et seront nommés par la Commission; ils seront pris parmi les plus anciens Marchands élevés dans le Commerce des vins.

L X X X I X.

Aucune personne ne pourra s'immiscer, en qualité de Gourmet, sur les ports et halles de Paris, si elle n'a été reçue par la Commission.

X C.

Les femmes seront exclues de dessus les

M

ports et halles de Paris, et ne pourront, en aucune manière, s'immiscer comme Gourmet
dans le Commerce de vin.

X C I.

Tout Gourmet portera à la boutonnière de
son habit une médaille, qui lui sera délivrée
par la Commission, sur laquelle seront gravés
le numéro et les mots : *Gourmet en vin des
ports et halles de Paris.*

X C I I.

Aucun Gourmet ne pourra faire le Commerce de vin pour son compte personnel, ni
en recevoir en commission.

Il ne pourra non plus se permettre de pi-
quer aucune pièce de vin sur les ports et
halles, ni prendre aucun essai, qu'accompa-
gné du Propriétaire de la marchandise.

X C I I I.

Les Gourmets ne pourront exiger aucun salaire du vendeur, qu'autant qu'ils lui auront
procuré un acquéreur, et qu'il aura marqué
le vin vendu.

X C I V.

Tout Gourmet est tenu d'avoir un carnet timbré, coté et paraphé par la Commission, sur lequel il inscrira, jour par jour, les marchandises qu'il aura fait vendre pour le compte de tel et tel, les prix et condition des ventes, en y spécifiant soigneusement les noms des vendeurs et acheteurs, ainsi que la qualité ou classe du vin, pour y avoir recours au besoin.

X C V.

Les Gourmets seront tenus d'être présens à la livraison des vins dont ils auront procuré la vente.

X C V I.

Tout Gourmet qui sera reconnu pour se faire payer au-dessus du prix fixé par le règlement, ou qui se ra trouvé à boire sur les vins de tel Marchand que ce soit, sans en avoir obtenu la permission, sera, pendant huit jours, suspendu de ses fonctions; destitué en cas de récidive, et pourvu de suite à son remplacement.

X C V I I.

Le Marchand ou Propriétaire qui cherchera
à corrompre un Gourmet, soit en lui proposant un salaire au-dessus de la taxe, soit de
toute autre manière, pour tâcher d'obtenir la
vente de son vin au-dessus du cours, ou au
préjudice d'un autre Marchand qu'il cherche-
rait à décréditer, afin de faire pencher l'acquéreur en sa faveur, sera condamné à 300 fr. d'a-
mende et aux frais.

X C V I I I.

Les Gourmets atteints et convaincus d'avoir
participé à faire tromper un vendeur, quel
qu'il soit, avec connaissance de cause, seront
destitués de leurs places.

X C I X.

Le salaire à exiger par les Gourmets sur les
vins dont ils auront procuré la vente, est fixé
ainsi qu'il suit :

Pour toutes jauges, nommées muids ou
demi-queues . . . . » fr. 75 c.

Pour le muid de basse Bour-
gogne 1

Pour la pièce de 45 à 50 décalitres................... 1 fr. 25 c.
Pour la pièce de 60 décalitres 1   50

Objections de la Chambre.	*Observations.*
LXXXVIII, jusques et compris XCIX.	LXXXVIII.
Depuis l'art. 88 jusqu'à la fin, c'est-à-dire, jusqu'à l'art. 99, il n'est plus question que des gourmets.	Le Gouvernement en déterminera le nombre.

LXXXIX.

Il s'expliquera à cet égard ; cela est présumable.

XC.

Je partage l'opinion de la Commission.

XCI, XCII, XCIII, XCIV et XCV.

Ces cinq articles sont justes et convenables.

XCVI, XCVII, XCVIII.

Le Gouvernement seul peut prévoir et punir ces divers délits.

Objections de la Chambre.   Observations.

XLIX.

A lui seul appartient la fixation des droits et salaires.

Nota. Vous avez sans doute été frappés des immenses pouvoirs qu'on donne à une Commission administrative du corps des Marchands de vin.

Nota. Le nombre, le choix, les exclusions, les marques, le cautionnement, les salaires et les obligations des courtiers, seront réglés et déterminés par le Gouvernement, après avoir pris l'avis du corps des Marchands de vin, et il n'est pas douteux qu'une grande partie des dispositions contenues dans les articles ci-dessus mentionnés, ne soit accueillie et maintenue, parce que les unes sont dans le juste intérêt du commerce et de la corporation, et que les autres sont le fruit et le résultat de l'expérience; mais j'estime que les dix-neuf articles qui concernent les Commissionnaires et les Gourmets, doivent être

Objections de la Chambre.   *Observations.*

séparés des Statuts et Règlemens relatifs aux Mar-
chands de vin.

Le décret de création
de ces agens déterminera
leurs droits et leurs de-
voirs d'une manière plus
précise , et dès-lors plus
appropriée à l'intérêt public.

C. *Et dernier article.*

Pour que l'exécution des présens Statuts et
Règlemens ne soit point différée, et attendu
l'urgente nécessité de réprimer au plutôt les
abus et malversations qui peuvent se commettre dans le Commerce des vins, la Commission provisoire, du consentement unanime
des Marchands de cette profession , arrête :
qu'expéditions seront remises au Ministre de
l'Intérieur , au Conseiller d'État Préfet de
Police , et à la Commission du Commerce de
Paris, à l'effet de les supplier d'en poursuivre
l'homologation auprès de Sa Majesté l'Empereur, et être ensuite imprimés et distribués à
tous les Marchands et autres personnes dudit

Corps , pour qu'ils soient tenus de s'y conformer.

Fait à Paris, le 14 fructidor an 12.

Suivent les signatures, au nombre de 300.

Copie de la Lettre adressée à Monsieur le Conseiller d'État Préfet de Police, par la Commission provisoire des Marchands de vin.

M ONSIEUR,

Les Marchands de vin de la commune de Paris ayant obtenu de votre autorité la faculté de se convoquer en assemblée régulière , et de procéder à la nomination de douze Commissaires , pour s'occuper des moyens les plus convenables et les plus prompts pour opérer la restauration du Commerce, obtenir la cessation des abus , et faire cesser le désordre dans lequel il est tombé depuis la révolution ;

La Commission s'est premièrement occupée des Tonneliers ; elle a fait un choix parmi eux, en a fixé le nombre et réglé le salaire.

Sur les représentations qu'elle vous a faites de la nécessité de distinguer par une médaille chaque ouvrier du port , elle a obtenu cette faveur, dont le Commerce ressent aujourd'hui tout l'avantage.

La Commission a aussi organisé le service du port de la Rapée, pour le repêchage, le lâchage et la mise à port des bateaux, de manière qu'il se fait maintenant à la satisfaction du Commerce.

Mais il existe encore bien d'autres abus préjudiciables au Commerce, qui s'accroissent journellement, et qu'il est instant de réformer.

Le port se trouve obstrué par une quantité excessive d'hommes et de femmes non-avoués par le Commerce, qui, sous le titre usurpé de Courtiers, Marchands en gros, ou Commissionnaires, abusent, et de l'inexpérience des acquéreurs, et de la bonne foi de ceux qui leur confient des marchandises pour en faire la vente, dont souvent ils emportent les fonds.

Un objet non moins préjudiciable au Commerce, qui doit fixer l'attention du Gouvernement, eu égard aux conséquences très-graves qui peuvent en résulter pour la santé de la majeure partie des citoyens, c'est que beaucoup de gens joignent à la vente du vin, celle du cidre, de la bierre et autres boissons, qui de tous tems ont été jugées incompatibles avec le vin, et donnent beaucoup de facilité à la fraude.

C'est pour parvenir à la réforme de ces abus et de beaucoup d'autres, comme pour le bien général, que la Commission des Marchands de vin sollicite de votre autorité la permission de s'ériger en corps.

Elle soumet en conséquence à la sagesse de vos lumières, les Statuts et Règlemens ci-joints, qu'elle a rédigés d'après les anciennes ordonnances.

Suivent les signatures.

F I N.

De l'Imprimerie d'A.-J. MARCHANT, Libraire pour l'Agriculture, rue des Grands-Augustins, n°. 12.